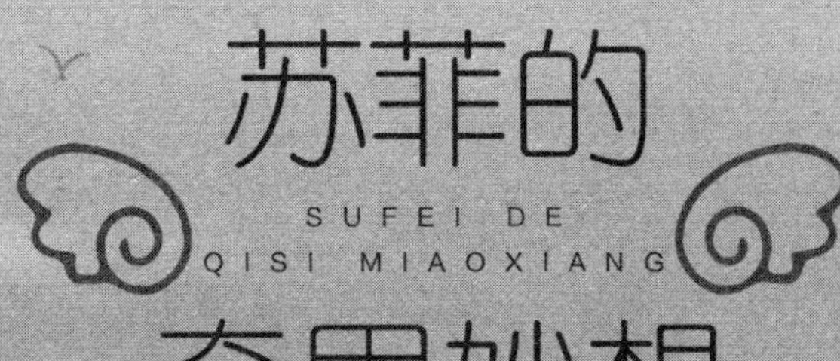

苏菲的奇思妙想

SUFEI DE QISI MIAOXIANG

(法)德·塞居尔 著
(法)达尼埃尔·布尔 绘
卜凡特 译

中国出版集团 现代出版社

图书在版编目（CIP）数据

苏菲的奇思妙想 /（法）德·塞居尔著；卜凡特译. -- 北京：现代出版社，2018.6

ISBN 978-7-5143-7036-2

Ⅰ. ①苏…　Ⅱ. ①德…②卜…　Ⅲ. ①儿童小说－中篇小说－法国－现代　Ⅳ. ①I565.84

中国版本图书馆CIP数据核字（2018）第079591号

苏菲的奇思妙想

作　　者　[法] 德·塞居尔
绘　　者　[法] 达尼埃尔·布尔
译　　者　卜凡特
责任编辑　张　霆　王志标
出版发行　现代出版社
通信地址　北京市安定门外安华里504号
邮政编码　100011
电　　话　010-64267325　64245264（传真）
网　　址　www.1980xd.com
电子邮箱　xiandai@vip.sina.com
印　　刷　三河市南阳印刷有限公司
开　　本　880mm×1230mm　1/32
印　　张　7.5
字　　数　114千字
版　　次　2018年7月第1版　2018年7月第1次印刷
书　　号　ISBN 978-7-5143-7036-2
定　　价　29.80元

作者序

写给我的孙女伊丽莎白·弗蕾诺

亲爱的孩子，你经常对我说：“噢，奶奶，我是多么爱您！您那么善良。”其实，奶奶从来就没有你说的那么好。当年，有很多孩子像她一样可恶，像她一样被别人教训。下面我要讲的是关于一个小女孩的真实故事，奶奶在自己童年的时候，非常了解这个小女孩，她曾经很爱生气，但后来变得很温柔；她曾经很贪吃，但后来变得很节制；她曾经很爱撒谎，后来变得很诚实；她曾经爱偷东西，后来变得很规矩；她曾经很淘气，后来变得很乖巧。奶奶也曾经特别想变得像她一样。现在，我希望你们能像她一样，亲爱的孩子，这对你来说会很容易，因为我不会让你重犯苏菲那样的过错。

塞居尔女伯爵

CASTELLI

目录

一、蜡娃娃

一天，苏菲跑到女仆的卧室对她说：“我的女仆，我的女仆，爸爸从巴黎寄给我一个小盒子，快过来帮我打开！盒子里肯定有一个蜡娃娃，爸爸可是答应过要给我买一个的！”

女仆问：“盒子在哪儿？”

苏菲答道：“在旁边的客厅里呢，您快来，我的女仆，我求求您了！”

女仆放下手里的活计，跟着苏菲去了旁边的客厅。

客厅的椅子上放着一个白色的木盒，女仆把它打开。苏菲一看到蜡娃娃的金色鬈发，就激动得大叫起来，迫不及待要把还裹在包装纸里的娃娃拿在手里。

女仆连忙说："小心点儿！别拽它！你会弄坏娃娃的！娃娃还拴着绳子呢。"

苏菲一刻也等不及。她说："快点儿，快点儿弄断绳子！我要我的娃娃！"

女仆没有拽断绳子，而是小心地用剪子把它们剪断，一层一层地把包装纸拆掉。终于，苏菲抱起了她所见过的最漂亮的娃娃。蜡娃娃的脸蛋儿红扑扑的，上面长了一些雀斑；它的眼睛湛蓝而明亮；脖子、胸脯和胳膊都是用蜡做的，丰满而迷人。娃娃的装束十分简朴：穿着一条带花边的细棉裙，搭配了一条蓝色的腰带，下身穿着棉袜，脚上是一双漆皮短筒靴。

苏菲亲吻她的蜡娃娃不止二十次，把它抱在怀里，又唱又跳。

五岁的表哥保罗来苏菲家做客，听见苏菲兴奋的叫喊声，赶紧跑来探个究竟。

"保罗！你看爸爸寄给我的娃娃多漂亮啊！"苏菲喊着。

保罗："你把娃娃递给我，这样我才看得更清楚。"

苏菲："我才不给你呢，你会把它弄坏的！"

保罗："我向你保证，我会小心翼翼地看，看完马上就

还给你。”

苏菲不情愿地把娃娃递给表哥保罗，不断叮嘱他要小心，别把娃娃掉到地上。保罗把娃娃转了个圈，仔细观察，不放过每个地方，然后摇摇头，把娃娃还给苏菲。

苏菲疑惑地问：“你为什么摇头？”

保罗不屑地说：“因为你的娃娃一点儿都不结实，我真怕你把它弄折了。”

苏菲说：“你说什么呢！我会细心照顾它的，绝对不会把它弄折。我去求妈妈让卡米尔和玛德琳娜到家里来吃午餐，好让她们俩也看看我漂亮的新娃娃。”

乌鸦嘴的保罗说：“她们肯定会把你的娃娃弄坏。”

苏菲反驳道：“不，她们那么善良，不会欺负我，不会弄坏我可怜的娃娃。”

第二天，为了迎接自己的小伙伴，苏菲精心地为娃娃梳妆打扮。给娃娃穿衣服的时候，苏菲发现娃娃的脸色苍白。“可能是因为冷吧，她的脚都被冻僵了。”她自言自语，“我要把它放到有阳光的地方，这样，我的小伙伴就可以看到由于我的呵护，全身变得暖和起来的娃娃了。”于是，苏菲把娃娃放到了客厅的窗前，让它晒太阳。

“你站在窗口干什么呢，苏菲？”妈妈问她。

苏菲：“我要让我的娃娃暖和起来，妈妈，它太冷了。”

妈妈：“那你可要小心，娃娃会被太阳晒化的。”

苏菲：“哦不，妈妈！不会出事儿的，它像木头一样坚硬呢！”

妈妈：“但是阳光会把它晒软的，它肯定会很痛苦，我可是提醒你了。”

苏菲不理会妈妈说的，把娃娃放平，让它躺在烈日下。

这时，她听见屋外有汽车的引擎声：我的小伙伴们到了！苏菲飞奔出去迎接自己的小伙伴。保罗也正站在台阶上等小客人进来。

两个小女孩儿一边跑，一边说笑，径直来到客厅。尽管她们急于看到苏菲漂亮的娃娃，但还是先去向苏菲的妈妈——德·雷昂夫人问好。

随后，卡米尔和玛德琳娜转身去找苏菲。可当她们看见苏菲的时候，她正把娃娃拿在手里，眼里噙满了泪水。

玛德琳娜看着苏菲的娃娃，惊讶地说：“你的娃娃是个盲人，她没有眼珠呀！”

卡米尔说：“太遗憾了！它本该是一个漂亮的娃娃呀！”

玛德琳娜说："她是怎么变成这样的呢？她应该有眼珠的呀！"

苏菲一声不吭，她边哭边看着娃娃。

德·雷昂夫人走了过来，说："我可是跟你说过，苏菲，但你坚持把它放在烈日下，这只能让它很痛苦。庆幸的是，它的脸和胳膊还没有熔化。好了，不要哭了，我可是个好医生，咱们来试试能不能帮娃娃把它的眼珠放回去。"

苏菲还在哭："这怎么可能，妈妈，它的眼珠已经没有了呀。"

德·雷昂夫人微笑着，把娃娃拿在手里，摇了一摇，好像听见什么东西在娃娃的头里滚来滚去。

德·雷昂夫人说："喏，刚才我们听到的，就是娃娃的眼珠在它的头里滚来滚去的声音。娃娃的眼眶熔化了，所以它的眼珠才会掉下来。但是我会把它的眼珠重新放回去的！来，孩子们，你们帮我把娃娃的衣服脱下来，我去拿些工具。"

三个小女孩儿和保罗立刻接过娃娃，帮它把衣服脱下来。苏菲也不再哭泣了，她耐心地等待奇迹的发生。

妈妈回来了，拿起剪刀，从胸脯的缝合处把娃娃的上身剪开。娃娃头里的眼珠哗啦一下滚到了德·雷昂夫人的膝盖上。德·雷昂夫人用钳子把娃娃的眼珠安放到眼眶里，又端来里面盛着蜡液的平底锅；为了不让娃娃的眼珠再一次脱落，她把蜡液浇到娃娃的头里和眼睛旁边。等蜡液冷却到和室内一个温度，她又重新把娃娃的身体和脑袋缝在了一起。

几个小家伙一动不动地观摩了德·雷昂夫人给娃娃做的“手术”。苏菲十分担心，害怕她的娃娃再次遭遇不测。当看到缝好的娃娃和从前一样漂亮的时候，她跳了起来，抱住妈妈的脖子，拥吻了十次：“谢谢您，我亲爱的妈妈！从今以后，我一定听您的话！一定！”

孩子们很快给娃娃重新穿好了衣服，他们把娃娃放在小靠椅上，推着椅子兴高采烈地唱起了歌。

妈妈万岁！
我要用热吻一口把你吞噬！
妈妈万岁！
您是一个爱我们的天使！

很长一段时间苏菲都在精心照顾、爱护她的娃娃。但随着时光一天天过去，漂亮的娃娃逐渐丧失了几分姿色——这究竟是怎么一回事呢？

一天，苏菲在想，既然大人给孩子洗澡，那自己也应该给娃娃洗澡才对。

于是，她打来水，准备好海绵和香皂，开始给娃娃洗脸。她卖力地清洗，直到娃娃开始掉色：娃娃的脸颊和嘴唇变得苍白，好像生了病一样，而且一直苍白下去。

苏菲哭了，但娃娃还是那样苍白。

又有一天，苏菲觉得应该让娃娃梳鬈发。她把卷发纸卷在娃娃的头发上，再用热铁熨烫，让娃娃的头发变得尽可能弯曲。

当苏菲把卷发纸从娃娃的头发上拿下来，发现娃娃的头发粘在了卷发纸上。由于铁块太烫，娃娃的头发已经被烧得冒烟儿了。

漂亮的娃娃变成了秃子。苏菲哭了，但娃娃的头还是秃着。

苏菲一直用心教育她的娃娃。

又一天，苏菲想教她的娃娃干体力活儿，她用绳子拴住娃娃的胳膊，把它吊了起来。娃娃的表现并不好，从绳子上掉了下来，摔断了一只胳膊。

德·雷昂夫人尝试着把娃娃的胳膊重新缝上去。可是由于娃娃的身上缺了好多零件，德·雷昂夫人不得不烧化一些蜡。这样一来，娃娃的一只胳膊就比另一只短了一截儿。

苏菲哭了，但娃娃的胳膊还是变得更短了。

一次，苏菲觉得给娃娃洗脚十分有必要。因为大人们也洗脚。她往小水桶里倒了些滚烫的开水，把娃娃的脚放了进去。过了一会儿，当她把娃娃的脚拿出来的时候，娃娃的双脚已经熔化了，掉到了小水桶里。

苏菲哭了，可娃娃再也没有腿了。

自从这些不开心的事情发生以来，苏菲就再也不喜欢她的娃娃了。

蜡娃娃变得十分难看，苏菲的小伙伴们开始嘲笑她的娃娃。

最后，苏菲想教她的娃娃爬树。她让娃娃爬到一根树枝上，让它坐在上面。娃娃没坐住，从上面摔了下来。它

的头磕在了石头上，全身摔了个稀巴烂。

苏菲这次没有哭，她请来她的小伙伴，一起掩埋了她的娃娃。

二、葬　礼

一天早晨，为了安葬这个蜡娃娃，卡米尔和玛德琳娜来了。她们手舞足蹈，苏菲和保罗也高兴得不得了。

苏菲招呼道："快来，我的好朋友们，我们在等你们一起给娃娃做一口棺材。"

卡米尔担心地说："可是，我们把娃娃放在哪里呢？"

苏菲说："我有一个旧玩具盒子，平时我的女仆用粉红色的细棉布蒙着它，特别漂亮。你们来看。"

苏菲拉着小伙伴们跑到了德·雷昂夫人的房间。女仆已经在盒子里放好了床垫和枕头。孩子们对这个充满诱惑的棺材赞不绝口，他们把娃娃放了进去。为了不让人发现

娃娃被打破的头、熔化的脚和折断的胳膊，他们给娃娃盖了一条粉红色的塔夫绸鸭绒被。

德·雷昂夫人曾经让孩子们做过一副担架，他们灵机一动，就把这个盒子放在了上面。所有人都争抢着抬这副担架。但这不太好办，因为担架两个人抬就足够了。他们互相推搡了一会儿，激烈争吵过后，决定让苏菲和保罗两个年龄最小的小伙伴来抬担架。卡米尔和玛德琳娜一个走在前面，一个走在后面；她们两个挎着装有花朵和树叶的篮子——他们要把花朵和树叶撒在娃娃的墓上。

他们来到了苏菲的小花园，把担架放在地上，担架的盒子里盛装着这个不幸的蜡娃娃的遗体。

孩子们开始挖墓穴。

他们把盒子从担架上抬起来放入墓穴，把花朵和树叶撒在上面，然后把刚刚挖出来的土填回去，又迅速地把四周的土平整好，并种上了两棵丁香花。为了庆祝这个仪式，他们跑到菜园浅水池那里，把手中的喷水壶灌满，去浇新种下的丁香花——这些又成了她们的新游戏。他们咯咯地笑个没完，因为他们把水浇到了自己的脚上。他们互相追逐，四处疯跑，大呼小叫。

从来没有人见过这么热闹欢快的葬礼。确实，死去的只是一个旧娃娃，没有颜色、没有头发、没有双腿、没有脑袋，可以说没有人喜欢这个娃娃，也不会对它的死感到遗憾、悲伤。

这一天就这样快乐地过去了。卡米尔和玛德琳娜在回家之前，提议保罗和苏菲再弄坏一个娃娃，这样他们就有理由重新筹备一个好玩的葬礼了。

三、石　灰

小苏菲又不听话了。

妈妈不让她一个人到院子里去玩，工匠们正在那里给母鸡、孔雀和珍珠鸡搭建窝棚。苏菲很喜欢看工匠们干活，德·雷昂夫人每次都和她一起到院子里去，并且让她乖乖地待在自己的身边，不许离开半步。苏菲却总想自己在院子里玩。一天，她对妈妈说："妈妈，您为什么不允许我一个人到院子里看工匠们干活呢？还有，您每次去院子，为什么总让我待在您的身边呢？"

妈妈说："因为工匠们干活的时候扔石头、砖块，有可能砸伤你。另外，地上的沙子和石灰也很危险，走在上面

很容易滑倒，一不小心你会受伤的。”

苏菲说：“哦，不，妈妈！我会很小心的，还有，沙子和石灰也不会把我怎么样。”

妈妈说：“你这样说，是因为你还是个不懂事的小孩儿，我是大人，我知道石灰很烫。”

苏菲说：“但是，妈妈……”

妈妈打断了她：“好了，快闭嘴，不要以为你的小脑瓜想的有道理，我比你清楚什么对你好，什么对你不好。我不允许你独自到院子里去。”

苏菲低下头，闷闷不乐，不再和妈妈顶嘴。她悄声细语地说：“反正我会去的，我喜欢那儿，我一定要去。”

苏菲总是忍不住想往院子里跑。

大约过了一个小时，园丁来找德·雷昂夫人询问买天竺葵的事。这会儿，独自待在那儿的苏菲四下看了看，在确定女仆没有注意她之后，打开大门，朝院子里跑去。

院子里，工匠们正忙得热火朝天，谁也没有注意到来了个小家伙。苏菲在院子里玩得别提有多开心了，左看看右看看，简直对什么都好奇。

她来到一个盛满热石灰的大池子旁，石灰是雪白色的，黏稠而光滑，像奶油一样。

“这些石灰太漂亮了！它们真白呀！”苏菲兴奋地自言自语，“我从来都没有好好看过这些石灰，妈妈从来不让我接近它们，它们竟然那么光滑！踩在上面肯定又柔软又舒服。我要在池子上滑行，像溜冰一样。”

苏菲一只脚踩在石灰上，心想：石灰应该和地面一样坚硬。一点儿一点儿，她的一只脚陷了进去，为了保持平衡，苏菲又把另一只脚伸了进去。

苏菲的两条小腿儿都陷在了石灰里。她大声哭喊。一个工匠听到哭声跑了过来，把苏菲从石灰里拉上来，让她坐在地上，说：“小姐呀，你快把皮鞋和裤袜脱下来，它们已经被石灰烧坏了！你再不快点儿脱，你的腿就烧坏了！”

苏菲看着自己的双腿，还有石灰沾在上面，皮鞋和裤袜像刚从火炉里拿出来一样。苏菲哭得更厉害了，沾了石灰的腿像火烧了一样疼。幸好女仆离她不远，急忙跑过来，看见苏菲痛不欲生的模样，立刻帮她把皮鞋和裤袜脱下来，带她回家。

苏菲被女仆带回屋子。这时，德·雷昂夫人也从卖花

的商人那儿回到家里。

“这是怎么了？”德·雷昂夫人焦急地问苏菲，“你把自己弄伤了？你怎么光着脚？”

苏菲羞愧得一句话也说不出来。

女仆向德·雷昂夫人讲述了整个事情的经过，告诉她苏菲的腿是怎么差点儿被石灰烧伤的：“当时，要不是我在庭院旁边，要不是我及时赶到她身边，这小宝贝的腿就要跟我那破围裙一个样了。您看到过我的围裙吧，上面被石灰烧了一个又一个洞！”

德·雷昂夫人发现女仆的围裙确实不见了。随即转过身对小女儿说：“苏菲小姐，我本该用鞭子抽你、惩罚你，你违抗了我不让你独自到院子里去玩的禁令。但是你已经受到了惊吓，上帝已经惩罚过你了。所以，这次我只罚你给你的女仆买一条新围裙，就用你钱包里的那五法郎。另外，到乡村去参加节日晚宴的事就免了吧。”

苏菲怎么哭闹也没有用，她请求妈妈把五法郎留下。但德·雷昂夫人还是拿走了苏菲那点儿可怜的零花钱。

苏菲边哭边说下次一定听妈妈的话，再也不去妈妈不让她去的地方。

四、黑色小鸡

苏菲每天早晨都跟着妈妈到窝棚去，那里有品种多样外观漂亮的母鸡。德·雷昂夫人用心地喂养这些鸡，让它们早早就开始抱窝孵蛋，并期待长出有精致羽毛的小鸡。德·雷昂夫人每天带着苏菲去窝棚，看看有没有破壳而出的小鸡。苏菲挎着小篮筐，里面装着为母鸡准备的面包屑。苏菲刚一到窝棚，母鸡和公鸡就朝她跑来，把她团团围住，啄吃她手上和篮子里的面包屑。苏菲兴奋地跑了起来，母鸡紧紧地跟在她的身后，她高兴得不得了。

苏菲玩耍的时候，德·雷昂夫人来到一个又大又漂亮的鸡窝，这里的母鸡悠闲自在，被伺候得像公主一般，或

者说，它们过着比公主还舒适优裕的生活。

苏菲喂光了面包屑，便来到鸡窝跟妈妈会合。在那里，她看到了小鸡是怎样破壳而出的，刚出生的小鸡太小了，还不能在农场里跑来跑去。

一天早上，苏菲来到鸡窝，她看到妈妈正把一只漂亮的鸡雏抱在怀里，它才刚出生一个小时。

苏菲喊道："哇，妈妈！好漂亮的小鸡！它的羽毛像乌鸦一样黑！"

德·雷昂夫人说："你看，它还长着漂亮的羽毛，肯定是一个优良品种。"

德·雷昂夫人把小鸡重新放回母鸡身边。她刚一撒手，小鸡就被一旁的母鸡狠狠地啄了一下，小鸡边叫边倒在地上。德·雷昂夫人很生气，给这只可恶的母鸡一个耳光，又马上把倒在地上的小鸡扶回母鸡身边。

这一次，挨打的母鸡更加愤怒了，用它尖尖的嘴在小鸡身上又啄了好几下，还不停地追赶想要回到它身边的小鸡。

德·雷昂夫人赶忙跑过去，抱起刚刚被啄伤的小鸡，给它喂了一滴水，小鸡这才缓过来。

德·雷昂夫人说："这可怎么办呢，我可不能再把它放

回那只可恶的母鸡身边了，它会被母鸡杀死的。这么漂亮的小鸡，我一定要把它养大。”

“这样吧，妈妈，”苏菲说道，“把它放在篮子里，拿到我的卧室，那儿还有玩具呢！由我们来每天给它喂食，等它长大了，再把它放回到鸡窝去。”

德·雷昂夫人说：“嗯，你说得有道理，把它放到你装面包屑的篮子里吧，我们给它做一张床。”

苏菲突然说：“妈妈！你看它的脖子，还有后背，小鸡在流血！”

德·雷昂夫人看着小鸡说：“是母鸡把它啄伤的，你把它带回家，再向女仆要些蜡膏，涂在小鸡的伤口上。”

看到小鸡伤痕累累，苏菲很伤心，但她很乐意为小鸡涂抹蜡膏。苏菲快步跑到妈妈的前面，给女仆看篮子里的小鸡，问她要了些蜡膏。苏菲为小鸡包扎每一处流血的地方，还花了一个小时把鸡蛋和面包捣碎，倒上牛奶，给小鸡做混合饲料。

小鸡十分难受、伤心，它不想吃东西，只是喝了几口水。三天过后，小鸡的伤好得差不多了，还经常在花园的台阶上散步。

小鸡长大至少得用三个月的时间，可仅仅一个多月，小鸡就长大了。它的个头比同龄的鸡大很多，由内而外散发着高傲的贵族气质。

小鸡的羽毛是稀有的黑蓝色，锃亮锃亮，十分光滑，像刚刚出浴的美人。它的头顶长着黑色的大羽毛，其中还掺杂着橙色、蓝色、红色和白色。它的嘴和爪子是红色的，走起路来无比骄傲。它有一双明亮的眼睛，眼神热情似火。世上没有比它更漂亮的鸡了。

是苏菲一直照顾小鸡，是苏菲每天给它喂食，也是苏菲经常看着它在门前散步。

再过几天，小鸡就要被放回鸡窝里了，因为看管它变得越来越费劲儿；有时，苏菲追在它后面跑半个小时，也抓不到它；还有一次，怕被苏菲抓住，小鸡慌不择路，没注意到前面的大水池，一个跟头栽了进去。

一次，苏菲尝试着在小鸡的爪子上缠了一条带子，但小鸡使劲儿挣扎，还一个劲儿地啄自己的腿。为了不让小鸡把自己弄伤，苏菲只好把带子摘了下来。

德·雷昂夫人不许苏菲再把小鸡从鸡窝里放出来。

德·雷昂夫人说："这附近有好多秃鹫，小鸡很容易被叼走，等它长成了大公鸡，我们再把它放出来。"

可苏菲就是听不进妈妈的话，经常瞒着妈妈把小鸡从鸡窝里放出来。一天，趁妈妈忙着写信，她偷偷地把小鸡赶到门前。小鸡边玩儿边找沙子和草丛里的虫子吃，苏菲则在离小鸡不远的地方给娃娃梳头，时不时地还抬起头看看，怕小鸡跑远。

当苏菲再次抬头的时候，大吃一惊。她看见一只长着鹰钩嘴的大鸟蹲在离小鸡三步远的地方，虎视眈眈。苏菲吓坏了，她眼瞅着小鸡蹲下了，一动也不敢动，浑身发抖。

"哈哈哈，这只大鸟太奇怪了！"苏菲突然喊了起来，"它长得真好看，但是模样怎么那么奇怪呢！它盯着我看的样子，好像很怕我，可盯着小鸡的时候，又那么凶。"

这时，大鸟嗷地叫了一声，声音那么刺耳、野蛮。它飞了起来，朝小鸡直冲过去，迅猛地抓起小鸡，扑扇着翅膀飞走了。小鸡的哀鸣在空中回荡。

苏菲的嘴巴张得老大，呆呆地站在那里。妈妈听见大鸟的叫声，跑了过来，问苏菲刚才发生了什么事情。苏菲告诉妈妈一只大鸟把小鸡抓走了，自己也不知道这是怎么

回事。

“我来告诉你，意思就是你非常不听话！”德·雷昂夫人气不打一处来，“那只鸟是秃鹫，你让秃鹫把我漂亮的小鸡抓走了，可恶的秃鹫把小鸡一口吞到肚子里，杀死了小鸡！所以，你现在马上回到你的卧室，在那里一个人吃饭，不许出来，一直待到晚上，好好想想什么叫‘下一次一定听妈妈的话’！”

苏菲低下头，伤心地回到卧室。她就着女仆拿给她的汤和肉吃了晚餐。女仆见苏菲哭得伤心，心疼得不得了，自己也哭了起来。

苏菲一想到小鸡的死，就哭个不停，她为这件事后悔了很久很久。

五、蜜　蜂

一天，苏菲和表哥保罗在屋里玩，一起捉在窗棂上爬来爬去的苍蝇。两人把捉到的苍蝇放到爸爸们做的一个小纸盒里。

“把盒子递给我，”保罗对拿着盒子的苏菲说，“让我们来瞧瞧这些苍蝇正在干些什么。”

苏菲把盒子递给她的表哥。他们小心翼翼地把盒盖儿掀开一半。保罗用一只眼睛往盒子里看，喊道：“太好玩儿了！它们在爬！它们在打架！有一只苍蝇拽住了它同伴儿的腿！其他的苍蝇气坏了！哈哈哈！它们打得可激烈了！几只苍蝇已经被打倒了，另外几只又爬了起来！”

“轮到我看了，保罗！”苏菲被吊起了胃口。

保罗根本没理会苏菲，仍然津津有味地边看边说。

苏菲不耐烦了，她捏住盒子的一角，一点儿一点儿地往自己这边拽，而保罗也把盒子往自己那边拉。苏菲生气了，更加用力地拽盒子，还把盒子使劲儿晃了几下，这下可好，盒子被苏菲撕开了。嗡的一声，苍蝇们飞了出来，落在苏菲和保罗的眼睛上、脸蛋儿上和鼻头儿上，两个小家伙边赶边打。

“就怪你！”苏菲埋怨保罗，“要是你刚才让着我，把盒子拿给我看的话，盒子根本就不会被撕坏！”

“不，是你不对！”保罗也发火了，“要是你能耐心点儿，等我看完再把盒子拿给你，盒子肯定完好无损，什么事儿也不会发生！”

苏菲说：“你真自私！你只想着你自己！”

保罗说：“哼，你也没好到哪儿去，发起脾气来跟农场里的火鸡没什么两样。”

苏菲争辩道：“哦，这位先生，我才没生气呢，我只是知道了你是个坏蛋。”

保罗反驳道：“这位小姐，我可不是坏蛋，我只是说了

实话而已，所以你才气得面红耳赤，像一只顶着大红鸡冠的火鸡。”

苏菲越吵越生气：“好呀，这位先生，我再也不和坏孩子一起玩儿了，比如说你，你就是其中的一个！”

保罗说：“哼，我也是，我再也不找坏小女孩儿做游戏了，比如说你，这位小姐。”

两个小家伙赌起气来，背过身去，谁也不理睬谁。

没过多久，苏菲就觉得乏味了，但她可不想让保罗猜透自己的心思；她开始唱歌，捉苍蝇。但是房间里的苍蝇已经没有刚才那么多了，而且剩下的几只太狡猾，根本捉不到。突然，苏菲看到一只硕大的蜜蜂安静地待在窗户的一角，她高兴极了。苏菲知道蜜蜂蜇人很疼，所以她不打算用手去碰蜜蜂。她从衣服口袋里掏出自己的小手绢，用小手绢把蜜蜂盖住，趁蜜蜂还没完全飞起来，苏菲迅速地抓起手绢，把蜜蜂攥在拳头里。

一旁的保罗也觉得无聊透顶，回头正看见苏菲捉到了一只蜜蜂。

“你要把它怎么样？”保罗问苏菲。

C. MAURAND.　　　　Castelli

“用不着你管，坏蛋！”苏菲冷冷地说，“这跟你没关系。”

保罗讥讽苏菲道：“不好意思啊，爱生气的小姐，刚刚跟你说话是我的不对，我怎么就忘了你不仅没有教养，还那么粗鲁呢！”

苏菲假模假样地屈膝行礼，嘲笑保罗：“我将禀报妈妈，保罗先生说苏菲没有教养，说德·雷昂夫人没有管教好她的女儿。”

保罗这下没辙了，忙央求道：“别说，苏菲，别告诉你妈妈，她会怪我的。”

苏菲不依不饶地说：“不不不，我一定会跟她说的。如果有人教训你，那真是再好不过了，我会特别开心。”

保罗恼羞成怒：“好啊，你去说吧，你这个坏蛋！我再也不想和你说话了！”他转过身去，椅背冲着她，一眼也不想看苏菲。

苏菲见保罗被她吓得够呛，心里乐开了花。这会儿，她才想起手里的小蜜蜂。苏菲用手绢的一角倍加小心地捏住蜜蜂；为了防备蜜蜂逃走，她又隔着手绢用手指夹住了蜜蜂。

苏菲从衣兜里掏出小刀，冲着蜜蜂说：“我要把你的头砍下来，好好惩罚你，看你下次还敢蜇人！”

苏菲自己玩儿得忘乎所以，根本顾不上别的，连妈妈走进她的卧室也没发现。德·雷昂夫人悄悄地蹲下，慢慢靠近苏菲，静静地看着自己的小女儿。

亲眼看见如此残忍的苏菲，德·雷昂夫人简直快气疯了，她用力揪住苏菲的一只耳朵。

苏菲疼得大叫，一下子跳了起来，当发现是妈妈，便吓得浑身发抖。

“你真是个坏丫头！”德·雷昂夫人训斥苏菲，“看来你早把我跟你说的话当耳旁风了，你竟然又对无辜的小生命下毒手！”

苏菲说：“我忘了，妈妈，我真的忘了！”

德·雷昂夫人说：“我会让你记住的，小姐。我要先没收你的刀，一年以后再还给你。”

保罗不敢吭声，他很伤心。

苏菲自己待在那里，啜泣着，觉得自己十分羞耻。

保罗为了劝苏菲，使出了浑身解数；他拥抱苏菲，向她道歉，悔过自己刚才说了那么一大堆蠢话。他还告诉苏菲，其实蜜蜂身上的黄色、橙色、蓝色和黑色组合在一起特别漂亮。

苏菲感谢保罗的好意。由于保罗的一番友善，苏菲得到了些许安慰。

从那以后，她再也不伤害任何小昆虫了。

六、逞头发

苏菲别提有多爱打扮了，她每天穿戴整齐，就等着别人夸她漂亮。

然而，苏菲长得并没有那么俊俏；皮肤白嫩嫩的，身材圆滚滚的，喜感十足；两只清澈的灰色大眼睛中间，悬着直挺的鼻梁；苏菲的嘴巴很大，嘴角微微上扬，好像随时都在傻笑；她没有卷曲的头发，而是梳着一头金色短发，像个假小子。

苏菲精心地打扮自己，但总是显得不够得体：一年四季，她都穿一条白色短袖露肩连衣裙，细棉布的，做工简单；腿上套着松垮垮的裤袜，脚蹬一双黑皮鞋。苏菲从来不

戴帽子和手套，因为德·雷昂夫人觉得这样才能让她适应各种各样的天气变化：无论艳阳高照还是大雨倾盆，也不论狂风肆虐还是天寒地冻。

苏菲做梦都想有一头鬈发。有一天，她听到小伙伴们在夸好朋友卡米尔·德·芙勒尔维勒的一头金色鬈发。从那天起，苏菲就经常试着把自己的头发弄弯曲，她想了好多好多办法，下面我们就来说说她想到的最离谱的点子。

有一天下午，外面下着瓢泼大雨，由于天气闷热难当，房门不得不大敞着。

苏菲紧倚着房门，妈妈不让她到外面去。这调皮的小家伙可耐不住性子：她时不时地把胳膊伸到门外淋雨，还抻长脖子探出屋外，让雨水滴答在头上。淋着淋着雨，苏菲发现，有雨水滴滴答答地从高处的排水管淌出来，她突然想到卡米尔的头发在潮湿的时候变得更加弯曲。

“我把头发全部打湿，说不定就变成鬈发了呢！”苏菲为自己的想法而兴奋。

外面仍在下着大雨，但按照自己的想法，苏菲还是兴冲冲地跑了出去，站在排水管的正下方，把自己浇了个透，

雨水从头顶流进脖子，再流到胳膊、后背上。

苏菲原地转了好几圈，从头到脚把自己淋了个遍，才尽兴而归。她一回到客厅便开始用手绢擦头发，从发梢儿擦到发根儿，逆着头发生长的方向，想着这样就可以让头发变成卷儿。手绢很快就湿透了，苏菲想去卧室向女仆再要一条干爽的手绢。这时，她看见妈妈正站在女仆身边。

苏菲浑身湿漉漉的，头发乱蓬蓬的，一副狼狈不堪的样子。她僵在那里，浑身发抖。

德·雷昂夫人看见苏菲滑稽得像一个小丑，愣了一下，突然大笑起来。

“这就是你想出来的妙招儿啊，我的小姐，”德·雷昂夫人快把眼泪都笑出来了，她对苏菲说，“如果你看到自己现在这副模样，保准也笑得像我一样。我已经跟你说过不要到外面去，可你还是像以前一样不听话。看来我还得惩罚你，你一会儿就这样全身湿着吃晚饭，头发就这样乱蓬蓬地散着，也不许换裙子，让它潮乎乎地贴在你身上。等你的爸爸和保罗回来，好瞧瞧你这奇葩造型。喏，给你一条干手绢，把身上好好擦一擦，尤其是你的脖子和胳膊。”

苏菲木桩子似的站在那儿，小脸儿羞得通红，不过她

的样子还是让人看了发笑。

德·雷昂夫人话音刚落，德·雷昂先生和保罗就走了进来，看见可怜的小苏菲二人都惊呆了，随即也狂笑不止。

苏菲的脸越来越红，头低得越来越低；她越来越尴尬，觉得自己太不幸了。乱蓬蓬的头发和一身湿漉漉的衣裙让苏菲看上去搞笑极了。终于，爸爸忍不住问她这身打扮究竟是什么意思，问她还想不想去周二的狂欢节晚宴吃大餐。

“苏菲是不是想给自己做一头鬈发呀，”德·雷昂先生说，“她肯定是想梳和卡米尔一样的发型，以为人家是把头发弄湿才有的鬈发。就想当然地这么去做了。”

“苏菲你有多爱臭美啊！”德·雷昂夫人说，“本来想好好打扮自己，结果弄成这副吓人的模样。”

保罗说：“可怜的苏菲，快去换件衣服，把自己擦干，再好好梳一梳头发。你要是知道自己现在有多奇怪，肯定连两分钟都受不了这身打扮。”

德·雷昂夫人说：“不，她要顶着这头漂亮的、支棱的乱发吃晚餐，还要穿着溅满泥水的裙子……”

保罗心疼苏菲，打断姨妈说：“哦不，我亲爱的姨妈，您就原谅苏菲吧，求您让她去换条裙子，好好梳梳头。她看起来多可怜呀！”

德·雷昂先生说：“我同意保罗说的。亲爱的，这次我要给女儿求个情，下次她再犯同样的错误，你再惩罚她。”

“我再也不这样了，爸爸，我向您保证。”苏菲哭着说。

德·雷昂夫人说：“小姐，看在你爸爸的面子上，我允许你回到房间，把这身湿衣服换下来。但是今晚你不要和我们一起吃饭了，等我们离开餐桌后，你再到客厅来。”

保罗还是不甘心：“求您了，姨妈，就让苏菲和我们……”

“好了，保罗！不要再跟我为她求情了，就按我说的去做。”德·雷昂夫人严厉地说。

“苏菲，快去换衣服吧！”德·雷昂夫人催促苏菲赶快离开客厅。

苏菲换好衣服，把头发重新梳好，躲在自己的房间里吃晚餐。

保罗吃过晚餐就来找苏菲玩儿了——他带她来到一个堆满玩具的屋子。

从那天起，苏菲再也不为梳鬈发而去淋雨了。

七、剪短的眉毛

苏菲还想要一样东西，那就是浓密的眉毛。

一天，有人跟她说，如果小路易丝·德贝格长两道浓密的眉毛，会很美。

苏菲的眉毛很淡，金黄色，若隐若现，几乎看不出来。她还听别人说，勤理发就会使头发长得又厚又长。

有一天，苏菲照着镜子，发现自己的眉毛真是可怜，又浅又细。心想，当我们剪短头发以后，重新长出来的头发就会变得更浓、更密，那么眉毛呢，它们就是短头发，我们可以采用同样的方法。所以，我要把它们剪短，它们就能长得又浓又密了。

CAStelli

苏菲拿起了剪子，把眉毛剪得不能再短了。她照了照镜子，发现自己怪模怪样的。她不敢回到客厅里去了。

“我要等一会儿，”她说道，“等到晚餐一切准备就绪，大家只顾吃饭就不会盯着我看了。”

苏菲妈妈发现女儿没有来吃饭，便让保罗去找她。

“苏菲，苏菲，你在吗？”保罗跑进苏菲的房间，“你在干吗？快来吃饭呀！”

“好的好的，我这就来。”苏菲一边答应，一边转过身去倒着走，这样，保罗就看不到被她剪短的眉毛了。

苏菲推开门，来到客厅。但她的双脚刚迈进客厅，所有的人就都注意到了她，然后哄堂大笑起来。

“看你，怎么把自己弄成这样？”德·雷昂先生说。

“她把自己的眉毛剪短了。”德·雷昂夫人说。

“太搞笑了，太搞笑了。”保罗也起哄地说。

“她剪了眉毛，整个人就变模样了，这真是太令人惊讶了。”保罗的爸爸德·奥贝尔先生说。

“我从没见过比这更另类的扮相了。”德·奥贝尔夫人说道。

苏菲耷拉着胳膊，低着头，恨不得找个地缝儿钻进去。

这时，妈妈跟他说：“赶紧回你的房间去，小姐！你尽干蠢事，赶紧出去，今天晚上我都不想见到你。”

垂头丧气的苏菲不但不生气，反而心里还有一丝高兴。

苏菲离开了。站在旁边的女仆看到羞怯万分、秃眉毛的苏菲也哧哧地笑出声来。苏菲生气也没用，所有看见她的人都乐不可支。还有人建议她用煤块儿把眉毛涂黑。

一天，保罗带给她一个包装精美的盖着邮戳的小包裹。“苏菲，这是我爸爸送给你的礼物。”保罗挤眉弄眼调皮地说。

“这是什么呀？”苏菲好奇地问，一把抢过包裹。

包裹打开了，里面有两只又黑又浓又大的假眉毛。“这是给你用来贴在没有眉毛的地方的。”保罗坏坏地说。

苏菲的脸腾地红了，她气得要死，把两只假眉毛狠狠地掼在保罗的脸上。

保罗哈哈大笑地走开了。

苏菲的眉毛六个多月才长出来，然而它们并不像苏菲所期望的那样长得更深更密。从此，苏菲再也不愿花心思去想怎么把自己的眉毛弄得更漂亮了。

八、马儿的面包

苏菲很贪吃。她妈妈怕她吃多了会生病，就禁止她在两餐之间吃零食。但是苏菲总是觉得饿，常常饥不择食。

每天下午，大约两点钟的时候，德·雷昂夫人吃完午餐，便来到马厩给丈夫的马儿喂些面包和盐。那里有上百匹宝马良驹，都属于德·雷昂先生。

苏菲提着满满一篮筐褐色面包，跟在妈妈的身边。德·雷昂夫人告诫苏菲不许偷吃给马儿准备的面包，因为，一旦吃了这些又黑又硬的面包，她的胃会很痛。

妈妈每走到马厩的一个分栏，苏菲就递给妈妈一块面包。最后，德·雷昂夫人来到小马驹的分栏，喂光了最后

A DE CALONJ

CASTELLI

一块儿食物。

苏菲也有一匹心爱的小马驹，那是爸爸送给她的礼物。小马驹全身漆黑，个头儿还没有一匹小毛驴高。苏菲得到妈妈的应允，她可以自己来马厩喂小马驹吃面包。但是，贪吃的苏菲却躲在小马驹的马厩里把面包吃个够，才想起喂她的小马驹。

一天，苏菲比平时更馋这种褐色面包。她用手指捏住面包，只露出面包的一个角儿。

“小马驹吃了露出来的那一小块儿，我就可以吃手里捏住的这一大块儿了。”苏菲心里盘算着。

就这样，当苏菲把手里的面包伸向小马驹时，小马驹吃得津津有味，却连同她的指尖儿也用力地嚼了嚼。苏菲不敢出声，但是手指头越来越疼，她不得不撒手，把剩下的面包扔给小马驹，一屁股坐在地上。小马驹不再咬苏菲的手指，一口气把剩下的面包吃光了。

苏菲的手指出了好多血，血滴到了地上。小家伙掏出手绢，紧紧地缠在被小马驹嚼伤的手指上。所幸她的手指很快就止住了血。不过由于手指流血太多，整块手绢被染

红了。苏菲把包扎的小手藏在围裙下面，幸亏妈妈没察觉到有什么不对劲儿。

其实小苏菲的手还没有完全止住血。当一家人坐在餐桌前，准备吃晚餐的时候，苏菲不得不把手伸出来拿勺子、杯子、面包……时不时还需要整理一下餐巾。

突然，妈妈注意到了苏菲的手。

“你的手怎么了，苏菲？”德·雷昂夫人瞪大眼睛惊讶地问道，“垫在盘子下面的餐巾怎么全是血呀。”

苏菲不吭声。

德·雷昂夫人严肃地对苏菲说：“你没听见我在跟你说话吗？餐巾上的血是怎么回事？”

苏菲可怜巴巴地说：“妈妈……是……是……我的手指流血了。”

德·雷昂夫人又问：“你手指到底怎么了？从什么时候开始流血的？”

苏菲答道：“从今天早上开始，妈妈……小马驹把我咬伤了。”

德·雷昂夫人疑惑不解：“小马驹？怎么可能呢？你的小马驹温驯得像一只小绵羊，怎么可能咬到你？”

苏菲嘟囔着说："是我给它喂面包的时候……"

德·雷昂夫人说："你是不是没把手张开，把面包放在手掌心上？我都教你多少回了？"

苏菲说："没有，妈妈，我用手指头儿捏着面包来着。"

德·雷昂夫人有点儿生气了："你这个小笨蛋，以后不要再去喂小马驹了。"

苏菲不回答，心中暗想：反正我拎着装面包的篮子，可以这掰一块儿那掰一块儿，还愁没有面包吃吗！

第二天，苏菲又跟着妈妈来到马厩。在递给妈妈面包时，她偷偷藏了一块儿在衣服口袋里，又趁妈妈不留意，掰一大块儿面包塞进嘴里。

喂到马厩的最后一个分栏的时候，德·雷昂夫人发现面包不够了，而且正好差一块儿。德·雷昂夫人把篮子拿给马夫看，问面包怎么少了一块儿。马夫向德·雷昂夫人保证，面包是严格按照马厩里马匹的数量准备的，一匹马一份，一份不多一份不少，正好。

德·雷昂夫人正和马夫说着，不经意瞥了苏菲一眼，发现她鼓着腮帮子，嘴里塞得满满登登，急着咽下最后一口。

苏菲还没来得及把嘴里的东西嚼烂，就想一口吞下去，这根本做不到。妈妈发现苏菲嘴里嚼的正是要喂马儿的那块儿面包。

一旁的马儿等着吃面包，变得焦躁起来，开始用马蹄刨地，咴儿咴儿地叫。

“你这个贪吃的小家伙，”德·雷昂夫人对苏菲说，“刚才你趁我没留意，就把我可怜的马儿的面包偷吃了。你还是不听我的话，我已经跟你说了多少遍，不能吃用来喂马儿的面包。从明天起，你再也不要跟我来马厩喂马了。现在，你马上回到你的卧室去！还有，今天晚餐，只许你吃面包、喝汤泡面包粒儿。既然你这么喜欢吃面包，今晚就吃个够吧。”

苏菲伤心地低下头，慢腾腾地走回卧室去了。

“哎哟，哎哟，我的小姐，你的脸怎么又拉得老长？”看见苏菲泪流满面地回来了，女仆问她，“又被你妈妈惩罚了？你又干了什么蠢事？”

“我不过是把马儿的面包吃了，”苏菲边哭边说，“我就是喜欢吃面包啊！篮子里装了那么多，只少了一块儿妈妈怎么就发现了啊！我今晚只能喝汤，吃咸面包了。”苏菲越

说越伤心，哇哇大哭起来。

女仆同情地看着苏菲，叹了口气。她很宠爱苏菲，觉得德·雷昂夫人有时候对孩子太过严厉了，她试着安慰苏菲，想让小家伙觉得妈妈的惩罚无关紧要。

德·雷昂夫人让另一个仆人把苏菲的晚餐——汤、水和面包块儿送到苏菲的卧室。苏菲的女仆极不情愿地把食物摆在桌子上，转身打开橱柜，端出一大块儿奶酪和一罐果酱，压低嗓音说："来，苏菲，把奶酪抹在面包上，然后再抹点儿果酱。"

听了她的话，苏菲犹豫了一下。

女仆又说："你妈妈只允许你吃面包，可没说不能在面包上抹东西呀。"

苏菲说："但是，妈妈要是问我，除了吃面包还吃没吃别的，我还是要跟妈妈说实话，那……"

女仆说："那你就如实告诉你妈妈，是你的女仆给你的奶酪和果酱，还命令你必须吃掉。她要是问我，我就告诉她我不想让你光吃这些干面包，对你的胃没什么好处。再说了，监狱里的犯人也不是每天只吃面包的呀。"

女仆劝了苏菲很久，让她吃点儿面包再偷偷吃点儿别的东西。起初，苏菲很坚定，但她毕竟是个孩子，禁不住美味的诱惑。况且，苏菲一直喜欢吃奶酪，果酱就更别提了。所以，这个贪吃的小家伙很快就向自己的胃投降了，美美地吃了一顿晚餐。女仆往苏菲的水杯里兑了一点儿红酒，又为她准备了纯净水和甜葡萄酒，用来代替甜点。

“你妈妈再惩罚你，不让你吃东西，你就知道该怎么办了吧？”女仆对苏菲说，“你来找我，我肯定有好东西给你吃。不管吃什么，都比喂马和狗的硬邦邦的黑面包好吃吧。”

苏菲点了点头，她记住了女仆的话，只要自己馋了，就来找她。

九、奶油和热面包

苏菲很贪吃，以前我们已经说过。她不会忘记她的女仆对她说的话。一天，午饭的时候她几乎没吃东西。因为她得知农场主会拿给她的女仆一些好吃的，她就对女仆说自己肚子饿了。

“好的！”女仆说，“你真会赶时候，农场来的人刚刚交给我一个礼物——一大罐奶油和一大块新出炉的褐色面包。我这就拿给你吃，你一看见就知道它有多诱人了！”

女仆把这块热乎乎的面包和一个盛满上好的浓稠奶油的大罐子放在桌子上。苏菲馋得口水都快流出来了。女仆正要告诉她不要吃撑了的时候，听到德·雷昂夫人在喊自

己："露丝！露丝！"（露丝为女仆的名字）露丝循声跑了过去，询问女主人有什么需要；德·雷昂夫人让女仆准备一下。她要教苏菲做手工。

"她马上就四岁了，"德·雷昂夫人说，"是时候该让她学点什么了。"

女仆说："但是您想让这么大点儿的孩子学点什么呢？"

德·雷昂夫人说："您去给她准备一条缫边餐巾，或者一条手绢。"

女仆没吭声，她觉得让这么小的孩子学做手工为时过早，转身离开了客厅。

当女仆回到房间时，看到苏菲还在吃。那一大罐奶油快让苏菲吃光了，面包也吃了一大块。

"啊，我的老天爷！"女仆一边惊叹，一边给苏菲找了一条手绢。"你这样会吃出病的！你把这些东西都吃了？真是不可思议。要是让你妈妈看见你吃了这么多东西，吃成这样，会怎么说呢？我会因为你挨骂的！"

苏菲："不用担心，我的女仆！我刚才饿极了，我不会吃出病的。您不知道奶油和热面包有多好吃！"

女仆："但是您的小胃装不下这么多食物啊，我的老天爷，你这是吃了多大一块面包啊！我怕你生病。”

苏菲上前拥抱了她的女仆，说：“不，我亲爱的露丝，您别担心，我向您保证，我会很好。”

女仆给了苏菲一条缲边手绢，让她捎给她的妈妈，她妈妈想让她学点什么。

苏菲跑到客厅，她妈妈正在等她，她把手绢拿给妈妈。妈妈教苏菲怎样穿针引线。刚开始，苏菲学得很慢，笨手笨脚，但做了几次以后，苏菲就得心应手了，还觉得做针线活儿是一件很快乐的事。

“妈妈，”苏菲说，“我可以把我的手工拿给我的女仆看吗？”

“好的，你可以去。但是过一会儿你要回来把东西收拾好，然后再回到你的房间去。”

苏菲跑到女仆的屋子。女仆惊讶地看着那条差不多已经缝好、针脚细密的手绢。

但女仆还是放心不下，问苏菲的胃疼没疼。

“没有，我的女仆，一点儿都没疼。”苏菲说，“我只是不饿了而已。”

“这我倒相信，不管怎样你已经吃了那么多东西。快回

到你妈妈那里去吧，省得她又要说你了。”

苏菲回到客厅，整理好东西，开始玩耍。

玩着玩着，她渐渐感觉浑身不舒服，奶油和热面包在她的胃里越来越胀。苏菲的头疼了起来，坐到她的小椅子上，一动不动地闭上眼睛。

她妈妈听不到苏菲的声音，转头看见脸色苍白、样子难受的苏菲，“你怎么了苏菲？”她担心地问，“你生病了吗？”

“我太难受了，妈妈。”苏菲回答道，“我头疼。”

“头疼多久了？”

“我收拾完东西就开始疼了。”

“你吃什么东西了吗？”

苏菲犹豫了一下，支支吾吾地说：“没有，妈妈，我什么都没吃。”

“我觉得你在说谎，我这就去问问你的女仆，她会一五一十地告诉我的。”

妈妈出去了几分钟，回来时脸色非常难看。

“小姐，你说谎了呀！你的女仆向我承认给你热面包和奶油吃了。而且你吃得像饥饿的狼獾一样。真是太糟糕了，你这样会生病的，而且你明天不能去德·奥贝尔姨妈家吃饭，也见不到你的表哥保罗了。你本来还可以见到卡米尔和玛德琳娜·德·芙勒尔维勒，和他们结伴儿到树林里摘草莓，现在，你不仅不能和他们一起玩了，明天你就自己待在家里，并且，只能喝汤。”

德·雷昂夫人抓着苏菲的手，发现她滚烫，就拉她去睡觉。

“直到明天我都禁止您给苏菲吃任何东西。”德·雷昂夫人对女仆说，“给她喝水，或者喂她柑橘茶，如果我再发现您像今天早晨那样做，我会立刻解雇您。”

女仆很自责，什么也没说。

苏菲病得很重，躺在床上双目紧闭，像死了一样。她熬过了痛苦不堪的一夜，忍着头疼和胃疼，直到天边发亮才昏昏沉沉地睡着。她醒来的时候，还是有点儿头疼，但早上清新的空气让她舒服了一点。一整天，她过得都不开心，对没去姨妈家吃饭耿耿于怀。

苏菲又在难受中度过了两天。从此，她看见奶油和热面包就恶心，发誓再也不吃了。

有时苏菲和表哥以及她的小伙伴一起去附近的农场，

眼看着周围的人津津有味地吃着奶油和褐色面包，只有苏菲自己什么也不吃；又浓又稠的奶油和农场里的面包，只能让她回想起吃撑时的痛苦，令她作呕。从此，她再也不听女仆的建议了。

她的女仆在她家没待多久。

德·雷昂夫人不再信任苏菲的女仆，又重新雇用了一个女仆。新女仆很善良，但她决不允许苏菲做她妈妈禁止她做的事。

十、松　鼠

一天，苏菲和表哥保罗在城堡附近的小橡树林里玩耍。两个小家伙到处找橡子，他们想用橡子做篮筐、木鞋和小船。突然，一颗橡子落下来打在了苏菲的背上，她正要低头弯腰把橡子捡起来，一颗更大的橡子又砸在了她耳朵尖儿上。

“保罗，保罗，你快过来看看这些砸疼了我的橡子！”苏菲兴奋地向自己的表哥招手，“你看，它们被啃得只剩下了核儿，橡树长得那么高，什么动物能爬上去吃橡子呀？老鼠不上树，小鸟也不吃这东西呀！”

保罗接过橡子，摊在手心里仔细瞧了瞧，他抬起头，好像发现了什么秘密，突然喊道：“是松鼠！我看到它了，就坐在最高的那根树枝上，它正盯着我们呢，好像还在嘲笑我们！”

苏菲也仰头往上看，她看到了一只漂亮的小松鼠，毛绒绒的大尾巴翘得老高；它正在用两只前爪洗脸，一会儿盯着苏菲和保罗看，一会儿又跳到另一根树枝上去，动作轻盈极了。

“如果这只小松鼠是我的就好了！它看上去还挺温驯的，假如每天都能照顾它，跟它一块儿玩儿，一块儿散步，那就太美妙了！”苏菲憧憬着和小松鼠在一起的情景。

保罗摆出一副见多识广的样子，说：“要抓住它很容易，但是，如果把松鼠请进我们的房间，它可不会好受。另外，松鼠的牙可是什么都嗑啊！”

苏菲有把握地说：“我不会让它嗑这儿嗑那儿的，我会把我的东西收拾起来。而且，我还要每周清洗两次笼子，这样，它待在我的房间里就会很舒适。等一等，你怎么才能把它抓住呢？”

保罗答道：“我会找一个大笼子，在里面放好核桃、榛

CASTELLI

子和杏仁，这些都是松鼠最喜欢吃的。我们可以把笼子放在这棵橡树下面，当然，笼子的门是开着的。然后呢，在笼子的门上拴根绳子，等松鼠一进到笼子里，我们就拉绳子，笼子的门关上了，松鼠就是我们的了！”

苏菲说：“但是松鼠可能不愿意进到笼子里来呀，它会害怕的。”

保罗说：“哎呀，没事儿的，松鼠那么贪吃，它可禁不住杏仁和核桃的诱惑。”

苏菲说：“好呀，保罗，你帮我把它抓回来吧，求你了，要是真能抓住小松鼠，你不知道我会有多高兴！”

保罗说：“但是姨妈不会高兴，你打算怎么跟她说？”

苏菲说：“她会同意的，我们俩一块儿去求她，多求几次，只要我们诚心诚意，冰冷的石头也会焐热的，我保证她不会反对！”

两个小家伙找到了德·雷昂夫人。保罗对姨妈说，他们想去树林里抓小松鼠，把它带回家来饲养。起初，德·雷昂夫人并没有同意孩子们的想法，但是禁不住他们的软磨硬泡，最后不得不妥协了。她对苏菲说：“小姐，我要提醒

你，你很快就会厌烦小松鼠的，我保证。因为它会到处爬来爬去；它会嗑你的书本和玩具，它会很难缠，待在家里根本受不了。”

苏菲说：“不，妈妈，我向您保证，我会好好照顾它，不让它破坏任何东西。”

德·雷昂夫人说：“还有，不要把松鼠带到客厅和我的卧室里来，它只能待在你的卧室里。”

苏菲说：“好的，妈妈，您放心，我不会让它跑出我的房间一步，除非我带它到外面散步。”

苏菲和保罗兴奋极了，赶紧去找笼子。

两个孩子在阁楼上找到了一个笼子。很久以前，这个笼子里就住过一只松鼠。他们把笼子拎到楼下，女仆帮他们把笼子洗了洗，又在笼子里放了些新鲜的杏仁、核桃和榛子。苏菲已经等不及了，她对保罗说：“我们现在就把笼子放在那棵橡树下面吧，松鼠肯定又来了！”

保罗不慌不忙地说：“等一下，我需要把绳子拴在笼子的门上，再把绳子穿进一根木棍里，这样，我一拉绳子，笼子的门就关上了。”

苏菲迫不及待地说："我怕松鼠一会儿就不在那儿了。"

"不用担心，松鼠会一直在橡树上待到晚上，即便不在树上，也跑不远。"保罗自信地说，"好了，这回你来拉拉绳子，看笼子的门能不能关上。"

苏菲拉了一下绳子，笼子的门啪的一声关上了，非常利索。

两个小家伙乐坏了，拎着笼子又蹦又跳地往橡树林里跑去。

他们来到了那棵橡树下，仰着脸望着高处的树枝，看小松鼠来了没有。不幸的是，两个小家伙一只松鼠也没看见，树林里静悄悄的，树叶和树枝纹丝不动。

两个人垂头丧气，走过一棵又一棵橡树，继续寻找松鼠。这时，一颗橡子落下来打在苏菲的额头上，苏菲捡起来一看，这颗橡子和早上的那颗一模一样，也被啃得光秃秃的。

"它在那儿！它在那儿！"苏菲发现了藏在一根茂密树枝后面的松鼠，"我看见它的尾巴尖儿了。"

松鼠听见树下有动静，便探出小脑袋，看看热闹。

"哈哈，我的好朋友，原来你躲在这儿呀，"保罗拿腔

作调地说，“等着，我这就把你请到笼子里来。瞧，这是我特意为你准备的新房子。你不知道什么叫好奇心害死猫吧？哈哈，哈哈！小宝贝，今天你可要再贪吃一点儿哟！”保罗摇晃着笼子逗弄树上的松鼠，心里自信满满。

可怜的松鼠，哪知道自己即将变成可怜的囚徒，小脑袋摇来晃去，还咯咯地嘲笑树下这对小家伙。它眼瞅着保罗把笼子放在地上，又瞅了瞅笼子里的杏仁和核桃，馋得口水直流。

孩子们躲在大树后面，焦急地等待奇迹的发生。

松鼠以为孩子们都走了，便小心翼翼地从树上往下爬。它每爬几步就停下来向四处观望，十分谨慎。最后，终于来到笼子旁边。松鼠的一只小爪子越过笼子的栏杆，接着，另一只爪子也跟了上去，但这样还是什么都够不着。松鼠眼巴巴地看着杏仁和核桃，口水都快要流到爪子上了，它开始想其他办法钻进笼子里去。很快，它发现了笼子门，它跑到笼子门前，停了下来，用怀疑的目光盯着笼子门上的绳子，接着，它把一只爪子向前伸，试着去抓杏仁或核桃，结果还是什么都没吃到嘴里。最后，它决定冒险钻进笼子。

躲在大树后面的两个小家伙目不转睛地盯着小松鼠的一举一动，不敢出声，心怦怦地跳。终于，松鼠钻进了笼子，两人迅速拉了一下绳子，与此同时，笼子门轻快地落下，这回松鼠逃不掉了。

松鼠吓了一跳，把刚咬在嘴里的杏仁掉到地上，在笼子里拼命地转圈，想逃出去。

真糟糕！松鼠要为自己的贪吃付出代价了，待在这个像监狱一样的笼子里，它逃不掉了。

苏菲和保罗从大树后面跑了出来，保罗小心地把笼子门锁好，和苏菲一起回家。

苏菲跑得飞快，像打了胜仗的英雄一样，刚一迈进家门就叫女仆来看她的新朋友。

女仆看见笼子里的小东西却没两个孩子那么高兴。

“我们拿这只小动物怎么办？”女仆说，“它会咬我们的，还会发出让人难以忍受的怪叫。瞧瞧你想的好主意，养这么一只小怪物，简直是给自己找麻烦。”

苏菲可不这么想。她说：“不不不，我的女仆，您听我说，首先，它不是怪物，而且一点儿都不讨人厌，松鼠是很可爱的小动物。再说了，它不会发出什么声音，也不会

咬我们，我来照顾它好了，没事的。”

“说实话，我是可怜这只小动物，你迟早会把它饿死的。”女仆说。

苏菲不服气地说：“饿死？真会开玩笑！我当然不会把它饿死，我会喂它榛子、杏仁、面包、糖果，还有红酒。”

女仆嘲笑苏菲道：“是啊，你的松鼠不久就会吃得肥肥胖胖的，糖果腐蚀它的牙齿，红酒把它灌醉。”

保罗大笑起来：“哈哈哈！一只喝醉的松鼠！太好玩了！”

苏菲接着说：“先生，我的松鼠才不会喝醉呢，它清醒得很。”

女仆说：“好吧，我们等着瞧。我现在去抱些干草来，铺到笼子里，这样松鼠就可以睡觉了。你看，到现在它还吓得直哆嗦，被人抓进笼子，它才不会高兴呢！”

苏菲说：“我摸摸它，它就认识我了，就不怕我们伤害它了。”

小松鼠惊魂未定，躲在笼子的一角。苏菲刚把手伸进笼子，小松鼠就一口咬破了苏菲的手指头。苏菲疼得大叫一声，连忙把手从笼子里抽出来。

笼子的门打开了，松鼠趁机一个箭步逃了出来，在苏菲的卧室里抓狂地又跑又跳。女仆和保罗一起捉松鼠，眼看着就要抓住了，松鼠又像猴子似的跳到高处。

小松鼠在卧室里不停地跑来跳去，可怜的苏菲已经顾不上还在流血的手，帮着保罗和女仆一块儿捉拿松鼠。三个人追了半个小时，松鼠也累坏了。突然，松鼠看见墙上开着的窗户，便跳上窗台，攀着外墙，爬上了屋顶。苏菲、保罗和女仆眼巴巴地看着就要到手的松鼠逃走了。

卧室里的三个人赶紧追到花园里。松鼠正蹲在高高的屋檐上，吓得要命，上气不接下气，简直快要累死了。

“怎么办？怎么办呀，我的女仆？”苏菲急得语无伦次。

“当然是把它放了，它都把你咬伤了，你还想怎么样？”女仆也跑得气喘吁吁。

苏菲说：“它咬我是因为它还不认识我，如果它知道是我每天给它喂好吃的，它就会喜欢我了。”

保罗说：“它不会喜欢你的。这只松鼠年纪太大了，它永远也不会习惯在你的卧室里生活，更不可能习惯在笼子

里生活。就算你想养松鼠，也该抓一只小一点儿的来养。”

苏菲说：“哦，我的保罗，求你了，帮我把它抓下来吧，你只要往屋顶扔一个球，松鼠就会跑下来，然后我们再把它抓起来，重新关进笼子里。”

保罗说：“我也想抓住它，但它不会乖乖地从屋檐上下来的。”

最终，保罗还是答应了苏菲的请求。他找来一个大皮球，不偏不倚地打到了松鼠的头。皮球从屋顶上滚了下来，松鼠也摔了下来。

皮球落了下来，弹了又弹。紧接着，小松鼠也落了下来，但它在落地的时候摔得不轻，腰和爪子也摔断了，瘫在地上，死了。

苏菲和保罗傻眼了，连忙跑过去捡起松鼠，不知拿它怎么办。

苏菲哭了：“坏保罗，你杀死了我的松鼠！”

保罗不买账：“明明是你的错，是你让我用球把松鼠打下来的！”

“我只是让你吓唬吓唬它，没让你把它杀死！”苏菲耍

赖道。

保罗辩解道：“我也没想把它杀死，谁知道我打得那么准，皮球正好砸在它的头上。”

苏菲说：“你根本不是打得准，你是故意使坏！你给我走开，我再也不喜欢你了！”

保罗说：“哼，你以为我喜欢你吗？你比松鼠还笨，我真庆幸没让你继续折磨松鼠。”

苏菲气坏了：“你真是太可恶了，先生，我再也不想跟你一块儿玩了，从今以后，我再也不会求你做任何事情！”

保罗说：“太好了，小姐，我终于可以清静清静了，再也不用绞尽脑汁帮你干蠢事儿了。”

女仆见两个孩子吵得不可开交，劝说道：“我的孩子们呀，不要再争论到底是谁犯的错了，难道没听说过做事要三思而后行吗？小松鼠的死，我们都有责任。这只可怜的小东西，还是死了的好，至少它不用再忍受折磨了。我去找人把松鼠的尸骸清扫一下，把它扔到水沟里去。苏菲，你回卧室去吧，把手指头泡在水里，我一会儿就过来照看你。”

苏菲朝卧室走去，保罗跟在她的身后。

保罗是个听话、善良的孩子，根本没记苏菲的仇。他不但不跟苏菲赌气，还为她端来了一盆水，帮她给手指止血。

女仆回来了，她把带来的莴苣叶敷在苏菲的手指上，用纱布包扎好。

两个孩子在吃晚餐的时候给大家讲了他们捉松鼠的故事。苏菲和保罗一直涨红着脸，羞愧不已。大人们听了松鼠的故事，被两个孩子的举动逗坏了。

松鼠的笼子又重新放回到了阁楼上。苏菲的手指头疼了好几天，她发誓，从此以后，再也不养小松鼠了。

十一、茶

7 月 19 日这天是苏菲的生日，她今年就四岁了。每年，德·雷昂夫人都会送女儿一件精美的礼物，但她从来不声张准备了什么。

过生日这天，苏菲早早爬起床，时间要比平时早很多。她急急忙忙地穿好衣服，想赶快到妈妈的卧室去看礼物。

“快点快点，我的女仆，”苏菲催促道，“我要马上去看妈妈今年送给我的生日礼物！”

“你不要乱动，安静地坐一会儿，再着急也得让我帮你梳梳头吧，你蓬头垢面地跑去见妈妈可不好。漂漂亮亮地开始你的四岁，那多好呀！”女仆细心地为苏菲打扮。

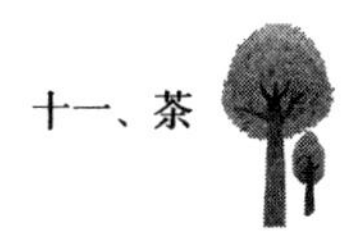

“哎哟，哎哟，别拽我的头发呀，我的女仆！”苏菲喊道。

“你一直在动，头扭来扭去，所以我才……还扭！我是不是还得猜你的头要往哪边转啊，小姐？”女仆不知拿苏菲怎么办才好。

过了好一会儿，苏菲终于穿戴整齐，头发也梳好了，可以跑去见妈妈了。

德·雷昂夫人见苏菲跑进来，微笑着对女儿说：“你来的正是时候，看来你没忘记自己的生日，也没忘记我有礼物要送给你。喏，妈妈送给你一本书，很有趣，你一定会喜欢的。”

苏菲向妈妈表示感谢，脸上却是一副失望的表情。她好奇地接过这本书，书皮是红色的，摩洛哥皮革的。

“我该拿这本书怎么办呢？我又不识字，这本书对我有什么用呀？”苏菲自言自语。

妈妈看着苏菲的样子，笑笑说：“你对我送的礼物好像不是很满意，苏菲，你看，它有多漂亮，上面还写着：‘艺术’，我保证，它肯定比你想象的有趣得多。”

“我也不知道，妈妈。”

“把它打开吧，你看看就知道了。”

苏菲早就想打开礼物了，但出乎意料的是，她根本无法把书翻开。让苏菲更吃惊的是，当她把书扣过来时，从书里发出了声音，她大惑不解地看着妈妈。德·雷昂夫人大笑起来，说：“这是一本很特别的书，它不像普通的书，可以翻开，这本书需要按下侧面中间的按钮才能打开。”

德·雷昂夫人轻轻按下按钮，书的上沿打开了，苏菲兴奋地看着新奇的礼物，发现这并不是一本书，而是一个绘画彩盒，里面装有几支毛笔、几个调色盘、十二个小本子和一摞精美的画片。

“哇！谢谢，我亲爱的妈妈！”苏菲喜出望外，“我太高兴了，这些东西太漂亮了！”

德·雷昂夫人说：“你刚才是不是很失望呀，还以为我送给你的是一本书，对吧？是的，我没想捉弄你。你可以和保罗一起画画，还有卡米尔和玛德琳娜，我已经邀请她们今天下午两点过来给你过生日，你们可以一起做游戏。还有，这份茶具是德·奥贝尔姨妈送给你的，她今天有事，下午三点才能赶过来，她一再叮嘱我，你一起床就把礼物转交给你，喏，拿着吧。”

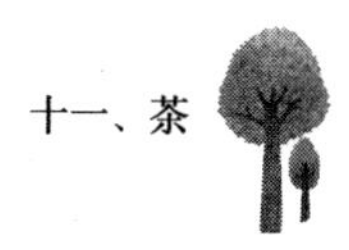

满满的幸福洋溢在苏菲的脸上，她端来托盘，摆上茶壶、糖罐、银质奶油瓶和六个茶杯。苏菲问妈妈可否亲自动手给小伙伴们煮茶，德·雷昂夫人说：“不行，你会把奶油弄得到处都是，热茶也会烫着你的。你们就玩玩摆家家，假装喝喝茶，那样也会很好玩儿的。”

苏菲噘着嘴不吭声，不太高兴。

“那我要这些摆设有什么用？只能看不能用，小伙伴们肯定会笑话我的。”苏菲自言自语，“我得找点什么把这些瓶瓶罐罐装满，对，我可以去问问我的女仆。”

苏菲跟妈妈说要把收到的礼物拿给女仆看看，然后就捧着绘画盒和茶跑回卧室去了。

“你看，我的女仆，这些是妈妈和德·奥贝尔姨妈送给我的好东西！”

“哇，太漂亮了！你有了这些好东西，玩起来就更开心了！但我倒是不怎么喜欢这本书，你还不识字，怎么读它呀？”

苏菲咯咯地笑，说道：“哈哈哈！您也跟我一样被骗了！这根本不是书，是个绘画彩盒！”

苏菲打开盒子，让女仆看盒子里精美的工具和画片。

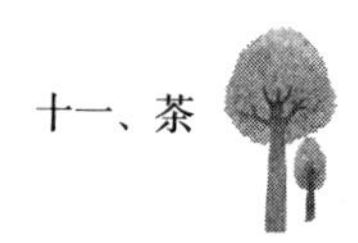

她告诉女仆家里要来客人，还说妈妈不允许她动手给小伙伴们煮茶。

“我在茶壶里装点儿什么呢？还有我的糖罐和奶油瓶？我最亲爱的女仆，您给我一点儿吃的吧，我要拿给小伙伴们。”

“不，我的苏菲，这可不行，你忘了你妈妈说过的话了？如果我偷偷给你吃了她不允许的东西，我会立刻被解雇的。”

苏菲叹了口气，想了想，嘴角掠过一丝微笑，她有了一个好主意。

苏菲一直玩到中午，吃过午饭，又和妈妈到庭院里散步，然后回到屋里。她对妈妈说要弄一些招待小伙伴们的东西。她把绘画彩盒放在一张小桌子上，又把六只茶杯摆在另一张桌子上，把糖罐和茶壶放在桌子中间。接着，苏菲跑到妈妈的小狗那里，端来小狗喝的水，先倒在碟子上，再倒进茶壶里。

“嗯！我的茶做好啦！”苏菲兴致盎然地说，“现在，开始做奶油。”

苏菲拿起擦银具用的白粉块，用小刀刮，把刮下来的白色粉末撒到奶油罐里，那里盛满了小狗喝的水。然后，用小勺子搅拌均匀，直到水变成白色。苏菲把调好的“奶油”摆到了桌子上。

请客的东西弄得差不多了，只剩下糖罐还没有填满；她用小刀把粉笔切成小碎块，装进糖罐里。一切准备就绪。最后，苏菲把糖罐也摆好了。看着自己精心摆弄的美食，她开心极了。

“哈哈！多好的茶呀！我做的茶一定特别好喝，保罗他们肯定谁也没做过这么好喝的东西。”苏菲边嘀咕边搓手，对自己的手艺十分满意。

苏菲又等了半个小时，但她并不觉得时间过得慢；她盯着茶看，越看越开心，绕着桌子转来转去，寸步不离。她两只手不停地搓，嘴里反复念叨：“天啊，我太聪明了！我太聪明了！”

终于，保罗和另外几个小伙伴来了，苏菲赶紧迎上去问好，带领他们来到客厅，展示自己的好东西。起初，几个小家伙也跟苏菲和她的女仆一样，看见绘画彩盒的时候，还以为是一本书。接着，他们见识了苏菲亲手准备的茶，

想必一定很好喝，就急着要尝一尝。但苏菲建议大家等到下午三点的时候再品尝。于是，孩子们每人拿了一张画片，开始画画。

当所有的人都画好了画，并且把绘画彩盒收拾好，保罗说："好了，现在我们喝茶吧！"

"喝茶喽！喝茶喽！"小女孩儿们大声地喊。

"苏菲，快给我们倒茶吧。"卡米尔说。

"好的，你们围着桌子坐好，然后把茶杯递给我，我先往里面加点儿糖，"苏菲有条不紊，"倒茶……加奶油……好啦！大家请饮用吧。"

玛德琳娜说："好奇怪呀，糖块怎么不化呢？"

苏菲说："你好好搅一搅，一会儿就化了。"

保罗又说："你的茶怎么是凉的？"

苏菲解释道："我早就把茶做好了，你们来得这么晚，当然是放凉了。"

卡米尔喝了口茶，立刻吐到地上，表情难看极了："天啊，太可怕了，这到底是什么玩意儿，根本就不是茶！"

玛德琳娜也把杯子放下："太难喝了！一股粉笔灰味儿！"

保罗把嘴里的茶也吐了出来，说："苏菲，你给我们喝

的到底是什么？真恶心！”

苏菲一脸尴尬地说：“你们发现了……”

保罗气哼哼地说：“什么？我们发现了？你给我们喝这么难喝的东西，太可怕了！你真该把剩下的这破玩意儿自己喝下去！”

苏菲也生气了：“你们真难侍候！真搞不明白你们到底喜欢什么！”

卡米尔讥笑道：“哼，苏菲，招认吧，我们只尝一口就知道它有多难喝了！”

玛德琳娜说：“我从来没喝过这么难以下咽的东西！”

保罗把茶壶递给苏菲，说：“你现在把茶壶里剩下的东西一口喝下去，就知道我们是不是难侍候了。”

苏菲推开保罗：“别烦我，走开！”

保罗接着说：“啊，只有我们难侍候是吧，你觉得这茶好喝极了是吗？那你就把这些都喝了呀，哦，对了，还得加点儿你的‘奶油’。”

保罗突然揪住苏菲，把“茶”往她的嘴里倒，紧接着又把“奶油”也送到了她嘴边。苏菲气得嗷嗷大叫。善良的卡米尔和玛德琳娜心疼苏菲，连忙把保罗手里的奶油罐子抢了下来。保罗气坏了，一把推开两个小女孩儿。苏菲趁机反击，挥拳往保罗的脸上打。卡米尔和玛德琳娜使劲儿拽住苏菲，保罗大呼小叫，几乎喊破了嗓子，两个拉架的小女孩儿开始喊救命，客厅里乱成一锅粥，听上去就像一列火车呼啸而过，震耳欲聋。

听见这么大的吵闹声，妈妈们都吓坏了，赶紧跑过来。孩子们看见大人来了，立刻停手，立在那儿一动不动。

“这是怎么了，这么大的声音？”德·雷昂夫人一脸严肃，担心地问。

客厅里突然沉寂下来，谁也不吭声。

德·芙勒尔维勒夫人手上指着卡米尔：“你说，你们是怎么打起来的？”

卡米尔说：“妈妈，我和玛德琳娜，我们俩没跟任何人打架。”

德·芙勒尔维勒夫人强忍着笑：“什么？你们没打架？你看看你现在，正拉着苏菲的一只胳膊，玛德琳娜还拽着保罗的腿。”

卡米尔说：“那是为了不让他们玩得太猛……”

德·芙勒尔维勒夫人半说不笑地反问：“玩？你把这叫

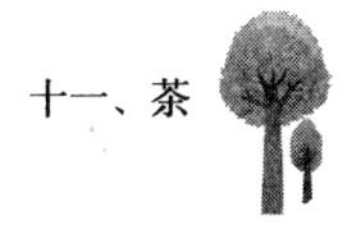

作玩！”

德·雷昂夫人接过话茬儿说：“我猜，肯定是苏菲和保罗又吵起来了，他们俩平时就没少打架，卡米尔和玛德琳娜一定是在拉架。我说得对吧，小卡米尔？”

卡米尔还倒在地上，脸涨得通红，说：“是的，夫人。”

德·奥贝尔夫人说：“保罗，你在姨妈家打架一点也不惭愧？我看是谁都没惹你，而你却时刻准备和别人打架，是吧？”

“那才不是！妈妈！苏菲刚才给我们喝特别恶心的茶，我们都差点吐了！苏菲听我们说难喝，还说我们难侍候！”保罗理直气壮地说。

德·雷昂夫人拿起奶油罐，凑近鼻子闻了闻，用舌尖舔了一下女儿的“茶”，一脸苦不堪言的表情，对苏菲说：“你是从哪儿弄来这么恐怖的‘奶油’的？”

苏菲低下头，小脸儿羞红，答道：“是我自己做的。”

“你做的？”德·雷昂夫人惊诧地问，“你告诉我，你用什么做的？”

“用白粉块和小狗喝的水。”

“那你的茶又是什么做的？”

“三叶草和小狗喝的水。”

德·雷昂夫人又瞧了瞧糖罐，说：“这就是你为小伙伴准备的美味佳肴？脏水和粉笔？你真是给自己的四岁开了个好头，小姐，我不让你煮茶，你就给小伙伴喝你做的‘茶’是吗？还和表哥打架！我要没收这些茶具，你再也别想用了。还有，今晚你一个人在卧室吃饭，别扫大家的兴，自己犯的错误自己扛，卡米尔和玛德琳娜可没有义务陪你一起受罚。”

虽然妈妈们对苏菲准备的盛宴不太满意，但还是被孩子们做的蠢事儿逗得咯咯地笑。大人们说笑着走开了，丢下孩子们自己待在那儿，不说话。保罗和苏菲一脸窘态，谁也不敢瞅谁一眼。卡米尔和玛德琳娜上前拥抱并安慰他们，试着劝两人和好。

苏菲抱了抱保罗，并向大家道歉。几个小家伙转瞬间就把不愉快的事情忘得一干二净了。

孩子们跑到花园里，又开始快乐地玩了。他们捉了八只蝴蝶，保罗把蝴蝶关进一个玻璃盖的箱子里。为了让蝴蝶住得更舒服一点儿，整个一个下午，直到晚上，他们都在整理箱子。他们在盒子里放了些叶子、花瓣、几滴糖水，

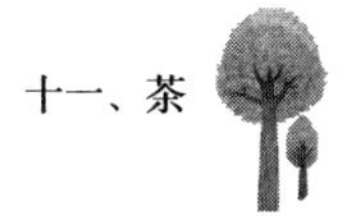

还有草莓和樱桃。

天色将晚，小伙伴们该回家了。三个小女孩见保罗那么喜欢蝴蝶，便让他把盒子抱走了。

十二、狼

大家读了前面的故事，肯定知道苏菲是个不听话的孩子。她早该改掉一些坏毛病，但是，直到现在，这个小家伙还是我行我素。我们来看看在苏菲身上又发生了什么吓人的事情。

苏菲四岁生日的第二天，德·雷昂夫人把她叫到身旁，对她说："我每天晚上去森林里散步，用的时间比中午散步略长一点儿，走的路也更远一些。我跟你说过，等你到了四岁，晚上就可以跟我一块儿散步了，我要去一趟斯维提尼农场，途经一片森林，你跟我一块儿去吧。记住，路上要小心，最重要的是不要走在我的身后。你知道，我走得

快，如果你停下来就会落得很远，我根本不会注意到你。”

苏菲很乐意和妈妈一起去森林，她保证寸步不离地跟着妈妈，绝不会走丢。

保罗听见德·雷昂夫人对苏菲说的话，央求姨妈也带他一块儿去。德·雷昂夫人同意了，苏菲这下更开心了。

两个小家伙乖乖地跟在德·雷昂夫人身边，他们看见院子里有几只大狗在互相追逐，有的还跳得老高，这些大狗正是经常陪德·雷昂夫人散步的那几只。

三个人走了好一会儿，终于进入了森林。苏菲和保罗边走边摘了些好看的花儿，而且紧紧地跟在德·雷昂夫人的身边。

在小路两旁，苏菲看见了一棵棵繁茂的树莓，上面结满了树莓，她情不自禁地感叹道：“哇，好漂亮的树莓！我们没吃真是太眼馋了！”

德·雷昂夫人回头看了看，让苏菲赶紧跟上，不要停下来。

苏菲叹了口气，依依不舍地看着又大又鲜艳的树莓，她太想吃了。

“别看了，不看就不会想了。”保罗也提醒苏菲赶紧跟上。

苏菲说:“你看，那些树莓都熟透了，那么红，那么大，肯定特别好吃！”

保罗说:“你越看就越想吃，姨妈不让你摘树莓，你盯着看也没用。”

苏菲说:“我只想摘一个下来，就一个，不会耽误很久的，你在这儿陪我一会儿，我们一块儿吃。”

保罗说:“不，我不想惹姨妈生气，也不想走丢。”

苏菲说:“看你胆小的，其实这儿一点儿都不危险，妈妈说会走丢就是想吓唬吓唬我们，我们只要在她后面走就能找到路。”

保罗说:“才不像你说的那样，森林这么大，树这么多，我们很容易走丢的。”

苏菲说:“好好好，你爱怎么着就怎么着吧，胆小鬼！我要去找刚才第一眼看见的那片树莓，先摘几个吃了再说。”

保罗说:“我才不是胆小鬼。这位小姐，你真是个又任性又贪吃的人，你就把自己走丢在森林里吧，我要听姨妈的话。”

保罗追上德·雷昂夫人，继续紧跟在她的身边，几只大狗也前后左右地围着德·雷昂夫人，她走得很快，没有

回头看孩子们。

苏菲很快就走到了另一片树莓前，树上的树莓和她第一眼看见的树莓上的果子一样诱人。她吃下第一颗树莓便确定自己尝到了不可多得的美味。接着，第二颗，第三颗……她蹲在地上摘树莓，这样就容易多了，也更快了；她一边摘，一边时不时地瞥一眼离她越来越远的保罗和妈妈。

几只大狗焦躁不安起来，它们蹿入树丛，又退了回来，紧贴着自己的主人。德·雷昂夫人向树丛里看了看，不知道大狗为什么突然如此胆怯。透过浓密的树叶，她看见几双雪亮、凶狠的眼睛。与此同时，她还听见树枝咔嚓咔嚓的折断声，枯叶哔哔哔哔的作响声。

德·雷昂夫人转过身来，想让孩子们走在自己的前面，却发现身后只跟着一个保罗。

“苏菲哪儿去了？”德·雷昂夫人声音颤抖。

保罗说：“姨妈，苏菲要自己留在后面吃树莓。”

“这个傻孩子！她到底想干什么！我们现在被狼群包围了，赶紧回去找她，快来不及了！”德·雷昂夫人吓傻了，发疯似的往回跑，几只大狗围着她狂奔，不知所措的保罗也跟着姨妈使劲儿地跑。

他们找到了苏菲。德·雷昂夫人远远地看见女儿正坐在一堆树莓中间，吃得津津有味。一只体形壮硕的恶狼正悄悄地把头伸出树丛，瞪着萤火虫般的眼睛，张开血盆大口，样子十分凶残。突然，两只大狗大声咆哮，拼命地跑向苏菲。恶狼看见几只大狗狂奔过来，迟疑了一下，但它认为在大狗跑到苏菲身边之前有足够的时间可以把这个又白又嫩的小家伙叼走，再嗷的一口吞下肚子。于是，这只恶狼纵身一跃，冲向苏菲。狂奔的大狗眼瞅着小主人就要被恶狼叼走，便以双倍的速度狂奔，简直像插上了翅膀。恶狼已经咬住了苏菲的衬裙，正把她往树丛里拖。这时，几只大狗一起把恶狼扑倒在地，几口就把恶狼咬伤了，恶狼不得不松开嘴里的苏菲，转身和大狗撕咬搏斗。

另两只围住德·雷昂夫人的恶狼也朝大狗扑来，这样的话，大狗真的很危险了，双方不再势均力敌。但德·雷昂夫人的大狗十分忠诚勇猛，它们和狼群拼死搏斗。最终，三只恶狼灰溜溜地逃走了。

大狗们的身上布满了血迹和伤口，全身上下一直瑟瑟发抖。它们回到德·雷昂夫人的身边，舔了舔主人和孩子们的手。德·雷昂夫人抚摩着她忠实的保镖们，紧紧地拉

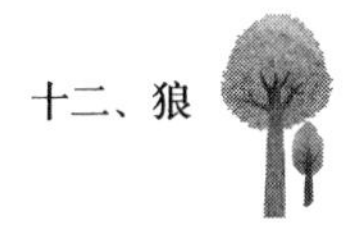

着两个孩子的手，在大狗们的保护下重新上路了。

德·雷昂夫人一句话也不跟苏菲说。苏菲吓得双腿打战，根本走不稳路。可怜的保罗跟苏菲一样，脸色苍白，双腿也不停地颤抖。但他们终于走出了森林，来到了小溪旁。

“歇一会儿吧，”德·雷昂夫人说，“溪水很干净，我们来喝一点儿，放松放松。”

德·雷昂夫人弯下腰，喝了几口溪水，洗了洗手和脸。孩子们也学德·雷昂夫人，喝了点儿水，洗了洗。

德·雷昂夫人又帮孩子们把头浸在清澈的溪水里，苏菲和保罗顿时觉得轻松了许多，全身不再发抖。

筋疲力尽的大狗也纷纷跳到水里，在小溪里打滚儿，清洗伤口，大口大口地喝水。当它们从溪水里出来时，精气神好像完全恢复如初了。

过了一刻钟，德·雷昂夫人准备重新出发，孩子们紧跟在她的身边。

“苏菲，我说过不让你停下来，要紧跟着我，你觉得我这样的要求有道理吗？”德·雷昂夫人问。

苏菲说：“当然有道理，妈妈，我这次没有听您的话，我真心地向您道歉。还有，保罗，我刚才生气的时候不应

该骂你胆小鬼，对不起。”

德·雷昂夫人生气地说：“胆小鬼？你竟然说保罗是胆小鬼！你知不知道，刚才我们跑去救你的时候，是保罗跑在最前面？还有，三只恶狼聚到一块儿的时候，你没看见是保罗捡起木棍扔向狼群，阻止它们向前扑吗？多亏有我在，把他搂在怀里，没让他去帮大狗驱赶狼群。另外，你没注意到，是保罗一直挡在你身前，想方设法不让恶狼接近我们吗？这就是你说的胆小鬼？”

苏菲搂住保罗的脖子，亲吻了他十次，说：“谢谢，我的保罗，我亲爱的保罗，我永远爱你！”

终于，他们回到家，所有人都惊恐地看着他们苍白的脸和苏菲被狼撕咬坏的裙子。

德·雷昂夫人给大家讲述了他们一路上的惊险，每个听了故事的人都交口称赞保罗听话、勇敢；每个听了故事的人都责怪苏菲的任性和贪吃；每个听了故事的人都赞赏德·雷昂夫人勇士般的大狗，大家抚摩这些小英雄，晚饭的时候让它们美美地吃到了新鲜的骨头和剩肉。

第二天，德·雷昂夫人送给保罗一整套佐阿夫军装，保罗乐癫了，立刻穿上跑去给苏菲看。苏菲看见一个戴着头巾、手持军刀、腰间别枪的土耳其人闯进了她的卧室，吓得失声大叫。保罗哈哈大笑，又蹦又跳，让苏菲很快就认出了自己。

苏菲觉得保罗这身打扮真帅气。

这次，苏菲没有受到惩罚。妈妈相信她不会再犯相同的错误，因为这次她的小女儿真的被吓得不轻。

十三、破　相

苏菲很爱发小脾气，关于这一点，我们在前面的故事当中还从未提起过，这是她的一个新缺点。

一天，苏菲在玩涂画片。表哥保罗在剪卡片，他想用卡片制作装生菜的篮子、小桌子和小长椅。两个人面对面地坐在桌子旁，保罗一直在那儿抖腿，桌子也被他弄得直摇晃。

“嘿！你干吗呢？”苏菲不耐烦地说，“你这样晃桌子，我怎么画画？”

保罗停了下来，但只安静了几分钟，就什么都忘了，又开始摇晃桌子。

“我真受不了你，保罗！”苏菲吵了起来，“我跟你说了，你这样我没法画画！”

保罗说：“哎呀，你不是画得挺好吗，跟我找什么碴儿啊。”

苏菲接话道：“你倒是从来都随便惯了，但是我现在生气了，所以请你把腿停下来，安静一会儿。”

保罗用嘲笑的口吻说：“我的腿从来都不喜欢安安静静地待着，即使我不让它们动，它们也会动。”

苏菲更生气了，说：“好啊，那我就用绳子帮你把这双无所事事的腿绑起来，如果你的腿再不老实的话，那我可要把你赶走了。”

保罗不屑地说：“行，那你就试试，让你见识一下我的腿脚功夫。”

苏菲说：“坏蛋，难道你敢踢我？”

保罗说：“那当然，如果你敢对我用拳头，那我就敢用脚对你不客气。”

苏菲气极了，把水哗的一下泼到了保罗的脸上。这一下保罗可真的急了，不甘示弱，一脚把桌子踢翻在地，桌子上的东西全部掉在地上。苏菲扑向保罗，狂抓他的脸，

直到保罗的脸出血为止。

保罗疼得哇哇大叫，情绪失控的苏菲却不依不饶地使劲打保罗，一会儿用手掌拍，一会儿用拳头捶。保罗抱头鼠窜，好不容易才逃进一间储藏室，把自己关在里面。苏菲在门外发疯似的砸门，可无论她用了多大力气，保罗就是躲在里面不出来。最后，苏菲终于安静下来，不再和保罗较劲了。

苏菲的气消了，她开始后悔打了保罗，她想起前几天保罗为了救她，在狼群面前奋不顾身的情景。

“唉，我真是太糟糕了，怎么能这么对待保罗呢？”苏菲在心里忏悔，“怎么才能让他不再生气了呢？可我又不想说‘对不起’‘保罗，对不起，原谅我吧……’不不不，这样简直太傻了。”苏菲想了想又自言自语：“但是，如果别人说我是坏蛋，那不是更丢人吗？如果我不向保罗道歉的话，他怎么会原谅我呢？”

苏菲又想了一会儿，起身走到储藏室前，敲了敲门，这次她可是既没火冒三丈，也没挥动拳头，她语气温柔地对躲在储藏室里的表哥说：“保罗，保罗，你在吗？”保罗不吭声，苏菲继续柔声细语地说，“保罗，我亲爱的保罗，请你原谅我吧。我知道，刚才我气急败坏地打你，是我不好，我真是个大坏蛋！我保证再也不打你了。”

保罗悄悄地把门开了个缝，将头探出一点点，半信半疑地看着苏菲，问：“你不生气了？真的吗？”

“当然了，我亲爱的保罗，你不理我了，我多伤心啊！”苏菲真诚地说。

保罗打开了门，苏菲抬眼望去，看见保罗的脸被自己抓得一道一道的伤痕，她大叫了一声，上前搂住保罗的脖子：“哦，我的保罗，我都干了些什么啊！你被我伤成这样，怎么才能让你的伤口好起来呀？”

“没什么大不了的，”保罗说，“伤口会自动愈合的，我们去打盆水，用水洗洗脸，血就止住了，而且脸上的伤痕也看不出来了。”

苏菲和保罗打来满满一盆水，保罗把脸浸在水里，用手反复擦拭脸上的血迹，但这样却无济于事，抓痕仍然清晰可见，站在一旁的苏菲更加惭愧了。

“妈妈发现了会说什么呢？她肯定会发火，我又要受惩罚了。”苏菲带着哭腔说。

善良的保罗也很懊恼，不知道怎么才能让苏菲不被姨

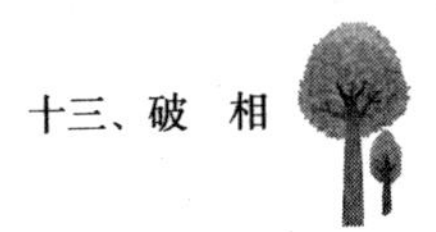

妈训斥。

“我总不能说是自己掉进了带刺的树丛里吧，这也太离谱了等等，谁说不可能呢，等着瞧吧，苏菲。”保罗有了好主意。

保罗跑了出去，苏菲跟在后面。他们来到附近的一片小树林里，保罗往一片冬青树树丛走去，毫不犹豫地跳进树丛之中，在里面滚来滚去，好让树叶边缘的小锯齿割破自己的脸。当他从树丛里爬出来的时候，脸上的伤痕更多、更严重了。

苏菲看见保罗布满伤痕的脸，伤心极了，哭了起来。

“都怪我，让你受这么多苦，”苏菲抽泣着，“我可怜的保罗，都是因为我的臭脾气，把你抓伤了，你现在还要为了我不被妈妈训斥而让自己伤得更重。我亲爱的保罗，你真是太好了，我太爱你了！”

保罗说：“我们回家吧，我还要再洗洗脸。你别伤心了，我可怜的苏菲，我的脸其实不怎么疼，我向你保证，明天就会好的。哦，对了，千万不要对姨妈说是你把我弄伤的，你要是说了，我会更伤心。再说，我也不能白受伤，我还等着大家奖励我呢。你能保守秘密吧？”

"嗯，你让我做什么我都答应。"苏菲又抱了抱保罗。

他们回到卧室，保罗把脸重新浸泡在水盆里。

两个小家伙来到客厅，妈妈们发现保罗浮肿的、满是伤痕的脸蛋都大吃一惊。

德·奥贝尔夫人问保罗："你怎么把自己弄成这样？怎么像掉进灌木丛里了似的？"

保罗回答说："是的，妈妈，就是这样，我跑着跑着摔倒了，接着就滚到了冬青树的树丛里。我拼命想站起来，结果手和脸就被带锯齿的树叶割伤了。"

德·奥贝尔夫人说："你也太不小心了，怎么能摔在冬青树的树丛里呢，你应该慢慢爬起来，滚来滚去的当然要受伤了。"

德·雷昂夫人说："你当时在哪儿，苏菲？你怎么不帮帮保罗？"

保罗说："苏菲跑在我后面，姨妈，她根本来不及帮我，她看见我的时候，我已经爬起来了。"

德·奥贝尔夫人带着儿子去清理伤口，再涂上一种黄瓜药膏。

"你怎么这么伤心，苏菲？"德·雷昂夫人问女儿。

苏菲的小脸又变得通红，说："我不伤心，妈妈。"

德·雷昂夫人说："我还不了解你吗？你现在这副伤心又不安的样子，好像受了什么刺激。"

眼泪在苏菲的眼眶里打转，她抽泣着说："我真的没事，妈妈，真的。"

"没事？你一张嘴就已经快哭出来了。"德·雷昂夫人说。

"我不能说，我对保罗发誓会保守秘密。"说到这儿，苏菲便号啕大哭起来。

德·雷昂夫人把苏菲拉到身边，对她说："苏菲，如果保罗干了什么坏事儿，你就不应该替他保守秘密，瞒着我就更不对了。我向你保证，我决不会责怪保罗，也不会告诉她的妈妈，我只是想知道是什么事情让你这么伤心，让你哭成这个样子，你应该告诉我。"

苏菲坐在地上，脑门顶在妈妈的膝盖上，把脸藏了起来，继续哭个不停，根本没法跟妈妈说话。

德·雷昂夫人安慰自己的小女儿，说了一些鼓励她的话，过了一会儿，苏菲对妈妈说："保罗什么坏事儿也没干，妈妈，他非常善良，还做了一件大好事儿。都是我不好，保罗是为了不让我挨骂才故意掉进树丛里去的。"

德·雷昂夫人越来越好奇，她让苏菲讲了事情的整个经过。

“保罗太棒了！”德·雷昂夫人大声地说，“他多么善良啊！这个小伙子太有勇气了！苏菲，看看你的表哥，他跟你不一样，你从来都是任由自己的性子乱发脾气，从来不记保罗的好。尽管这样，保罗却从不记仇，不埋怨你的蛮不讲理，你看今天，他对你多么宽容。”

苏菲说：“是的，妈妈，我知道他对我很好，以后我再也不对他发脾气了。”

最后，德·雷昂夫人说：“好了，苏菲，你已经够伤心了，我不怪你了，也不惩罚你了。你为保罗如此伤心，已经算是对你的惩罚了，而且，这比我对你的任何一种惩罚都严厉。另外，你坦白了原本可以隐瞒的错误，这一点非常重要，因为你的诚实，我原谅你了，苏菲。”

十四、伊丽莎白

一天，苏菲坐在她的小靠椅上，什么都不做，好像若有所思。

“你在想什么呢？”她妈妈问。

苏菲：“我在想伊丽莎白·莎诺，妈妈。”

德·雷昂夫人：“你在想她什么？”

苏菲：“昨天我看见她的胳膊上有一大块挠伤，就问她怎么弄成这样，谁知她脸红了，背过胳膊去，悄悄对我说‘你别说话，我受惩罚了’。我想知道她到底出了什么事。”

德·雷昂夫人说：“如果你想听的话，我来告诉你吧，因为昨天我也注意到了她的伤，她妈妈已经告诉我她是怎

么把自己弄伤的了。你听好，伊丽莎白是个好孩子。”

苏菲很愿意有人给她讲故事听。为了听得更清楚，她把小靠椅挪到妈妈身边。

德·雷昂夫人说：“你知道的，伊丽莎白心地善良，但是她有一点小脾气（苏菲低下了头），有的时候，她一生气就动手打她的女仆。尽管事后她很愧疚，但动手前却从不好好想想。前天，她给她的娃娃熨裙子和衣服，她的女仆把熨斗烧热，但是怕烫着伊丽莎白。伊丽莎白觉得没能亲自烧热熨斗，一开始就很别扭。她的女仆手上一次次阻止她烧烫斗，嘴上却一声不吭。最后，伊丽莎白还是自己爬到烟囱边上，放上铁块儿。女仆见了就把铁块儿拿开了，跟她说：‘既然你不听我的话，伊丽莎白，你就不要再熨衣服了。我要把铁块儿拿走，放回壁橱里去’。”

“我要我的铁块儿，”伊丽莎白嚷道，“我要我的铁块儿！”

“不行，小姐，我再也不会给你铁块儿了。”

“‘坏蛋，路易丝，把我的铁块儿还我！’伊丽莎白发疯了似的说。”

“‘我已经把它们收起来了，不会再给你了’。路易丝

从壁橱门的锁头上拔下钥匙。伊丽莎白恼羞成怒，想从女仆的手中夺下钥匙，但是她够不着。”

“气急败坏的伊丽莎白狠狠地挠了路易丝的胳膊。”

“路易丝的胳膊流血了。伊丽莎白见路易丝的胳膊流出了血，非常后悔，她向路易丝道歉，亲吻路易丝的胳膊，用清水轻轻地冲路易丝的伤口。路易丝是一个心慈面软的女人，见到伊丽莎白那么痛苦，就对伊丽莎白说自己的胳膊一点也不疼了。”

“‘不，不’，伊丽莎白哭着说，‘我也应该经受像你一样的痛苦，你挠我的胳膊吧，就像我挠你的胳膊那样，我的女仆，我希望像你一样痛苦’。”

“可想而知，女仆是不会答应伊丽莎白的。”

“伊丽莎白不再吭声。那天的事发生以后，白天她就静静地待在那里，晚上乖乖地去睡觉。第二天，她的女仆听见她起床就去看她，却看见伊丽莎白的床单上有血迹，女仆看到伊丽莎白的胳膊上被抓挠了一道一道的血痕，她吓坏了，‘谁把你弄伤成这样的，我可怜的孩子？’她拖着哭腔说。”

“‘是我自己，我的女仆’。伊丽莎白说，‘这是为了惩罚我昨天对你犯下的错误，我昨天晚上躺在床上就想，让我和你一样痛苦才是公平的，所以我就挠了自己的胳膊，直到它出血为止’。”

“女仆的眼神充满了对伊丽莎白的怜悯，上前亲吻了她。”

“伊丽莎白向她保证，从今以后听她的话。你现在知道伊丽莎白出了什么事了吧？她为什么脸红你也知道了吧？”说到这儿，德·雷昂夫人问自己的小女儿。

苏菲：“嗯，妈妈，这回我明白了。伊丽莎白是好样的。我想她今后再也不会乱发小脾气了。因为她知道这有多糟糕。”

德·雷昂夫人问：“那你是不是再也不做你认为糟糕的事情了呢？”

苏菲尴尬地说：“但是，妈妈，我比伊丽莎白小呀，我才四岁，伊丽莎白都五岁了。”

德·雷昂夫人说：“这不分年纪大小，你还记得你一个礼拜以前耍小脾气的事吗？你欺负可怜的保罗，他还那么善解人意。”

苏菲说：“是呀，妈妈，但是，我觉得我不会耍小脾气

了，我也不会做认为不好的事情了。”

德·雷昂夫人：“我希望你变成这样。不要自以为是，不要骄傲，你是知道的，骄傲是不可饶恕的。”

苏菲不说话，暗自得意地笑了。心想，自己一定会很乖的。可是不久，小苏菲就又被训斥了。

接下来就说说两天后发生的事。

十五、糖渍水果

这天，苏菲和保罗一起散步回来，在快进家门的时候，看见一位男士正在客厅里等候。这位男士的装束像一个马车夫，腋下夹着包裹。

“先生，您在等谁？”保罗彬彬有礼地迎上前去。

“我在恭候德·雷昂夫人，先生，我有一个包裹要交给她。”夹包的男士礼貌地弯了弯腰。

“是谁寄来的？”苏菲问。

“我也不太清楚，小姐，从包裹上看，是从巴黎寄来的。”先生回答道。

苏菲又问：“包裹里装的什么？”

先生回答道：“我想应该是糖渍水果和杏仁酥，因为货单上是这么注明的。”

苏菲馋得两眼发亮，舌头在嘴唇上舔来舔去。

“我们快去告诉妈妈！”她对保罗说，然而一阵风似的跑开了。

几分钟后，德·雷昂夫人从房间里出来，从那位先生手里接过包裹，付清了邮费，便带着两个孩子来到了客厅。德·雷昂夫人不紧不慢地把包裹放在桌子上，转身返回书房继续读书写字。苏菲和保罗眼巴巴地看着，觉得似乎被刚才那个高个子先生捉弄了。你看看我，我看看你，两人满脸的失望。

“让妈妈把包裹拆开吧。”苏菲悄声对保罗说。

“我可不敢，姨妈不喜欢我们好奇心太强，对什么都沉不住气。”保罗也压低嗓音说。

苏菲又悄悄地说：“就问她要不要我们帮忙把包裹拆开，如果得到了她的允许，我们就可以动手了。”

这时，德·雷昂夫人从书房出来，说：“你们俩刚才说的话我都听见了。苏菲，不要耍小心眼了，你不就是对包裹里的东西好奇吗？你该不会又忍不住嘴馋，想赶紧把包裹打开看看吧？如果一开始你这样对我说：‘妈妈，我可以打开包裹看看里面的糖渍水果吗？’我会同意的，可你却绕来绕去地耍小聪明，所以我现在不允许你碰它。”

被妈妈猜中了心思，苏菲相当难为情，噘着小嘴，转身走回卧室。

“哈哈，怎么样？这就是耍小把戏的下场！你总爱自作聪明，难道你忘了姨妈最讨厌撒谎的人吗？”跟在她身后的保罗有点儿幸灾乐祸。

苏菲埋怨保罗：“我不是说我们一起求妈妈吗？你为什么不帮我？你才是一个爱耍小聪明的傻瓜蛋呢！”

保罗委屈地说：“哼，我可从来不干傻事，也从来不耍小聪明。你这么说我还不是因为没吃到糖渍水果，拿我撒气？”

苏菲说：“那才不是呢，我生气是因为你总让我挨骂。”

“我让你挨骂？哼，你把我挠伤那天也怪我吗？”保罗翻旧账了。

苏菲的脸唰的一下红了，扭过头去不再搭理保罗。两个小家伙谁也不吱声。苏菲放不下面子向保罗道歉。而保罗呢，虽然早就不跟苏菲赌气了，但也不知道怎样打破僵

局。最后，他想出了一条苦肉计：他开始晃椅子，假装不小心，向后翻了过去，摔倒在地上。

苏菲赶紧过来扶起保罗。

“你摔疼了吗，我可怜的保罗？”苏菲关心地问。

保罗逞能地说：“没什么，一点儿都不疼。”

苏菲半信半疑地问：“一点儿都不疼？你骗人！”

“真的，因为，只有我摔倒了，我们才会不吵架了呀。”保罗说。

苏菲亲吻了保罗，说：“哦，我的好人保罗，你真是太好了！也就是说，你是故意为我摔倒的，你肯定摔疼了呀。”

“没有，从这么矮的椅子上摔下来怎么可能摔疼呢？我们还是好朋友！”保罗故作轻松地说。

两个小家伙又在一起玩了。在经过客厅时，他们看见包裹还在那里用绳子紧紧地捆扎着，苏菲像被施了魔法，一动不动地盯着看。最后，还是保罗把她拉走了。

玩着玩着，苏菲和保罗把什么都玩忘了。

晚饭过后，德·雷昂夫人把孩子们聚集在一起，对他们说：“现在我要把这个你们惦记的包裹拆开，一起尝尝糖渍水果。保罗，你去帮我找一把割绳子的小刀好吗？”保罗像脚踩了风火轮，没用上一秒钟就把小刀递给了姨妈。

德·雷昂夫人割断绳子，撕开包装纸，十二样糖渍水果和杏仁酥呈现在眼前。

“来，尝尝这些水果好不好吃，”德·雷昂夫人边说边打开其中的一盒，“苏菲，你看，这里有梨、杏、核桃、杏仁、枸橘和当归，选两个你最爱吃的吧。”

苏菲盯了半天，想选两个最大的水果。最后，苏菲选了梨和杏仁，保罗选了李子和当归。

等所有人都选好了自己爱吃的水果，德·雷昂夫人整理好剩下的那半盒，走进卧室。苏菲站在门口，看见妈妈把糖果盒子放到了储物架的最上面。

德·雷昂夫人走出卧室的时候，告诉苏菲和保罗自己要去附近的朋友家，不能带他们去散步了。“我不在家，你们可以好好玩了，一起去散步，或者在屋前的空地上做游戏。”

出门前，德·雷昂夫人又反复嘱咐孩子们，并一一亲吻了他们，然后，才和丈夫以及德·奥贝尔夫妇乘车离开。

孩子们在屋前那片空地上玩了好长时间，苏菲还时不时说起诱人的糖渍水果。

“我真后悔没选当归和李子，那两样肯定特别好吃。”

苏菲嘀咕着。

“没错，真的很好吃，你下次可以再尝尝这两样水果。听我的，别再想了。”保罗劝苏菲。

两个小家伙接着玩。他们玩了一个保罗发明的游戏，两人一块儿挖了一个小土坑，再用喷水壶往坑里灌水。但水一灌到“水池”里，马上就被土吸干了，所以苏菲和保罗要一刻不停地灌水。一不小心，保罗踩在了湿滑的泥上，摔了一个跟头，把喷水壶里的水都溅在了腿上。

“哎哟，哎哟，水真凉啊，”保罗边喊边说，“我身上都快湿透了，得回家换双皮鞋，换双袜子，再换条裤子。你在这等我，十五分钟我就能换好。”

苏菲独自待在小土坑旁，用铲子轻轻地拍水，可她的小脑袋瓜想的既不是水和铲子，也不是保罗。她在想什么呢？糟糕！苏菲一直在想糖渍当归和糖渍李子！她后悔当初没吃到这两样水果，甚至埋怨自己没把每一样水果都尝个遍。

“妈妈允许我明天再吃另两样水果，可我到时候恐怕根本没时间精挑细选。如果我今天先挑选好，明天就省事儿了，直接挑走我想要的。那么，我现在为什么不先去看看这些糖渍水果呢？”苏菲在心里掂量来掂量去。

她为自己的这个主意开心极了，立刻跑到妈妈的卧室，试着去够放在高处的糖果盒子；她跳起老高，胳膊也伸得老长，甚至找来了木棍、钳子……但都不管用。

突然，苏菲拍了一下脑门儿：“我怎么这么笨呢！我可以踩在椅子上呀！”

苏菲找到一把很沉的椅子，连拉带拽，费了好半天的劲儿，才推到储物架的旁边。她爬上椅子，一伸手，终于拿到了糖果盒子。

打开盒子，看着一颗颗漂亮的糖渍水果，苏菲乐得两眼眯成了一条缝。

“明天我吃哪样呢？”苏菲拿不定主意，一会儿想挑选这一个，一会儿又看好了另一个。时间过得飞快，眼看保罗就要回来了。

“保罗看见了会说什么？”苏菲想，“他肯定以为我在偷水果，可我只是看看而已……啊，有主意了！如果每样水果我都尝一小口儿，不就知道哪样水果最好吃了吗？而且，每样我只咬一小块儿，根本看不出来水果被人动过。”

苏菲一口接一口地吃，当归、杏、李子、核桃、梨、

枸橘，一样都没落下，可她还是定不下来明天吃哪样。

“嗯，再尝一遍。”苏菲一遍一遍地尝，直到盒子里的水果所剩无几，才觉察到自己已经快把水果吃光了。

她害怕起来：“我的天啊，我的天！我都干了什么？我只是想尝尝味道，怎么都吃光了呢？糟糕了，妈妈一打开盒子就会发现，她肯定认为是我吃的，怎么办，怎么办呀？”苏菲急得像热锅上的蚂蚁，“我可以说不是我偷吃的，但妈妈应该不会相信我……如果我说是小老鼠偷吃的呢？今天早上我还看见有一只小老鼠在走廊里乱跑呢。嗯，既然那么多水果都被吃掉了，就应该是大老鼠干的。因为大老鼠比小老鼠大，大很多，只有大老鼠才能吃得下那么多水果。”

苏菲为自己想出的鬼点子而得意，她把糖果盒子盖好，放回原处，小心地从椅子上下来。她跑回花园，刚拿起铲子，保罗就回来了。

“我是不是去得太久了？我到处找皮鞋，后来问了巴普蒂斯特才知道，原来是送去打蜡了。我不在这儿，你都干了什么？”

“我玩儿水来着，别的什么都没干，就等你回来呢。”

“你连小土坑也不管了，里面什么都没有，已经干透了。把你的小铲子递给我，拍一拍坑底的土，让它更结实点儿。你去从木桶里舀点儿水来。”

保罗用力地夯实他们的“水池”，苏菲舀来了水，保罗抬头看着她，疑心地问：“你的铲子怎么这么黏，我的手指头都快粘在上面了！你往铲子把儿上抹了什么？”

“什么都没抹啊，我怎么知道它为什么这么黏？”苏菲赶忙把手浸泡在盛满水的喷水壶里，她清楚地看见自己的手上满是黏黏的东西。

“你怎么把手泡在了喷水壶里？”保罗问。

苏菲掩饰道：“我试试水凉不凉。”

保罗笑了起来：“你怎么了，从我回来你就反常，是不是又干了什么坏事儿？”

“你想让我干什么坏事儿啊？你就这样看我，说我干了坏事儿，真不明白你为什么这么想，你的脑袋总是冒出一些稀奇古怪的想法。”

“你用得着这么生气吗？我就是开个玩笑而已！我向你保证，我可没觉得你做了什么坏事，你没必要这么瞪着我，简直太凶了。”

苏菲耸了耸肩，重新拿起喷水壶，把水倒进小土坑，但水瞬间就被吸干了。

等到两个小家伙一直玩到晚上八点钟，女仆们才接他们回家。是的，孩子们都玩困了。

这一夜，苏菲睡得并不踏实。

她做了一个梦，梦见自己被栅栏挡在了花园外面。她看到了花园里的鲜花和诱人的水果，正试着走进花园，却被一个天使从身后拉住，天使悲伤地说："不要进去，苏菲，不要去尝那些看起来鲜美的水果，它们吃起来很苦，而且有毒；更不要去闻鲜花，它们看上去娇艳，却散发着恶臭、有毒的气味，这是一个充满邪恶的花园。让我带你去另一个花园吧，那里洋溢着幸福。"

"但是，听说到那里去需要走过一条密布荆棘的路，路上满是坚硬的石头子，而这个花园里的小路是那么平坦，上面铺满了柔软的细沙，脚踩上去舒服极了。"苏菲对天使说。

天使劝苏菲："是的，我的宝贝。但走到荆棘之路的尽头，你会发现一个充满欢乐的花园；而那条一帆风顺的路则会把你引向痛苦、悲伤的地方，那里的一切都是邪恶的；

CASTELLI

住在那里的人们生性恶毒、残忍，他们不仅不会安慰你，反而会嘲笑你，甚至亲手折磨你，直到你无法忍受，痛苦不堪。”

苏菲听了天使的话，犹豫了片刻。她望着眼前这个美丽的花园——鲜花盛开，水果坠满枝头，绿树成荫，铺满细沙的小路看上去那么令人惬意……紧接着，苏菲瞥向另一条可以到达幸福花园的路——荒凉、崎岖，布满尘土，一眼望不到尽头。

苏菲转过身，坚定地朝美丽的花园走去，原本关闭的栅栏为她打开，她甩开天使的手，头也不回地走进花园。

天使担心苏菲，又喊了几声，尽力挽留这个可怜的小家伙：“回来，苏菲！回到我这里来！我在栅栏这边等你，一直等到你死去。无论你什么时候回来，我都带你去那个幸福花园，当然，我们一起走那条荆棘之路，走着走着，你就会发现，它越来越温暖，越来越美丽。”

苏菲根本听不进天使的话，花园里的孩子们可爱地向她招手，催促她向前走。苏菲朝着那些孩子跑去。他们围住苏菲，哈哈大笑，几个孩子掐住苏菲，另外几个把她拉来拉去，往她的眼睛里扬沙子。苏菲费尽九牛二虎之力才

把这些孩子推开。

她继续向前走，随手摘了一朵开得十分迷人的花，闻了闻，赶紧扔得远远的，花的味道实在太难闻了。苏菲又看见一棵水果树，上面的水果看起来无比香甜，她摘下一个，尝了尝，苦得让人恶心，苏菲的表情比刚刚闻鲜花时更难看了，用力把水果扔到地上。苏菲虽然有点儿伤心，却还是坚持向前走，她每到一个地方都会被花园的美景所迷惑，一切一切都像外表诱人的鲜花和水果一样，令她失望。苏菲不想继续待在这个充满不幸的花园里了，她想起了天使。尽管花园里的坏人们还在大声地喊叫，向苏菲做出各种各样的承诺，苏菲还是义无反顾地转身向栅栏跑去。她看见了张开双臂等待她的天使，用力推开坏孩子们，投入天使的怀抱。

天使带苏菲踏上荆棘之路。起初，苏菲感觉这条路很难走，但走着走着，她发现，走得越远，路就越柔软，所到之处是那么清爽宜人。

苏菲终于到达了幸福花园，这时，她突然惊醒，满头大汗。苏菲一直在回忆自己做的梦："我要让妈妈把这个梦解释给我听。"不一会儿，她又睡着了，直到第二天早晨。

苏菲一来到妈妈的卧室，就开始讲述昨晚做的梦。她看见妈妈的表情稍稍有点儿严肃，感觉有点儿莫名其妙，昨晚的梦境已经让她完全忘记了偷吃糖渍水果的事情了。

“你知道这个梦意味着什么吗，苏菲？”德·雷昂夫人说，“上帝知道你不乖，想借这个梦提醒你：如果只顾自己开心，继续做不该做的事情，那么你将得不到快乐，而是痛苦。那个充满着诱惑的花园是地狱，而洋溢着善意的花园才是天堂，为了到达那里必须走过一条荆棘之路，意思就是，人要学会舍弃一些美好的事物，而这些美好的事物往往是可望而不可即的，是被禁止的。路越走越柔软，就意味着一旦学会待人以诚，懂得服从，变得温顺，那么养成良好的习惯就不难做到，也不再因不能为所欲为而痛苦。”

苏菲在椅子上有点儿坐卧不安，她的小脸通红，看着妈妈，想说话却又不知道该不该说。德·雷昂夫人看出了女儿的焦躁，对她说：“苏菲，你是不是想跟我承认什么错误呀？我知道你难以开口，因为承认错误确实是一件不容易的事。你一定是听见天使还在荆棘之路上喊你，被吓到了吧。好吧，苏菲，听天使的话，勇敢地跳到她指给你的那条石子路上去吧。”

苏菲的脸更红了，她双手捂脸，声音颤抖着向妈妈承认是自己吃了差不多一整盒的糖渍水果。

德·雷昂夫人说："你原本想用什么方法瞒着我呀？"

苏菲说："我想跟您说是大老鼠把水果都吃了，妈妈。"

德·雷昂夫人说："我怎么也不能相信你说的话呀。老鼠怎么可能把盒盖打开，又把它盖上呢？老鼠一定会先把盒子撕碎，再吃里面的水果。另外，老鼠用得着搬椅子爬到高处吗？"

苏菲一脸惊讶地问："天啊，妈妈，难道您看见我搬椅子了吗？"

德·雷昂夫人说："我昨天一进卧室就看见这把椅子，你忘了把它放回原处。所以，我就知道是你来过了我的卧室，当我看见几乎一整盒糖渍水果都被吃光了，我就更坚信我的判断了。你能向我承认错误，这很好，如果你说谎，只能让我更加确定就是我的小女儿偷吃了这些美味的水果，而且我会狠狠惩罚你的。为了嘉奖你的诚实，在水果坏掉之前，赶快尽情享用吧。不过这次还是有其他的惩罚。"说完，母女相拥，苏菲亲吻了妈妈的手，转身走回了自己的房间。保罗正在那里等她一起吃午饭，看见苏菲，他问道：

“怎么了，苏菲？你的眼睛这么红！”

“我刚刚哭了。”

“为什么呀？姨妈责怪你了？”

“没有，是我惭愧地跟妈妈承认了昨天犯的错误。”

“什么事？我没看见你有什么不对呀！”

“因为我没让你看见呀！”

苏菲告诉保罗，自己原本只想看看并挑选第二天要吃的那两样最好吃的水果，可是它们太诱人了，自己没忍住，就把水果都尝了个遍。

保罗听完，赞赏苏菲敢于向妈妈承认错误，惊讶地问：“你是怎么鼓起勇气的？”

接着，苏菲又给保罗讲了昨晚的梦，把妈妈的解释说给他听。

从此以后，苏菲和保罗经常谈起那个梦，那个梦也提醒他们要做听话、善良的孩子。

十六、猫和灰雀

一天，女仆陪苏菲和保罗一起去散步，还看望了另一个贫穷的女仆，并送钱接济她。回来的路上，苏菲和保罗慢腾腾地边走边玩儿，他们一会儿爬树，一会儿在树篱间和灌木丛中玩捉迷藏——苏菲到处藏，保罗到处找。

正玩着，苏菲冷不防听见“喵”的一声，声音很微弱，像是在痛苦地呻吟。她害怕了，赶紧从躲藏的地方跑出来。

“保罗，快去喊我的女仆，让她到我这里来！我听见什么在叫，好像就在附近，叫声特别像小猫。”

“区区小事还用找女仆？我们自己去看看不就知道了。”

“不！我害怕！”

“害怕？哈哈哈，你真逗！连你自己都说听到的是很小的叫声，那么肯定不是大型动物。”

“我也不知道，万一是条蛇呢！还可能是只小狼！”

“哈哈哈，哈哈哈！会叫的蛇！没听说过！又怎么可能是小狼！一只躲在我们附近的小狼发出了几乎听不见的叫声？比我的声音还小？我还真没听说过！”

“你听你听，它又叫了，跟刚才一样的叫声！”

保罗这次确实听见了“喵喵”的叫声，声音微弱，是从灌木丛里传出来的。他不顾苏菲的劝阻，跑进了灌木丛。

“是一只可怜的小猫，看上去病歪歪的，”保罗在树篱里大声说，“苏菲，快来看！它现在好像很难受。”

苏菲跑过来，看见一只白色的小猫正趴在紧挨着她刚刚藏身的地方。小猫的毛被露水打湿了，浑身沾满污泥，像一块一块斑点。

“我们应该让女仆把小猫带回家，你看，它在发抖，真可怜呀。”苏菲说。

“它太瘦了。”保罗心疼地看着小猫。

苏菲和保罗招呼正走过来的女仆，把小猫指给她看，并央求她把小猫带回家。

“我们怎么把它带回去？”女仆问，“这个可怜的小家伙湿漉漉的、脏兮兮的，我可不想把它捧在手里。”

“嗯……把它放在树叶上吧。”苏菲说。

“或者让它趴在我的手绢上。”保罗想了个好主意。

“对呀！我用我的手绢帮它把身上擦干净，再把它抱到你的手绢上不就成了吗？”苏菲兴奋不已，“这样女仆就可以把它带回家了！”

女仆帮两个孩子用手绢把小猫包起来，三个人赶紧往家走，想让小猫尽快喝上热牛奶，因为它已经虚弱得连尾巴都摇不动了。

幸亏玩捉迷藏的地方离家不远，他们很快就到家了。苏菲和保罗飞快地跑进厨房。

苏菲对厨师约翰说：“请快给我们一杯热牛奶。”

“你要它干什么用呀，小姐？”约翰有点发蒙。

“喂一只可怜的小猫，我们在灌木丛那儿发现了它，它趴在地上，快饿死了。你看，我的女仆用手绢把它包回来了。”

女仆把小猫放在地上，厨师约翰为小猫端来一盘热牛奶，小猫扑到盘子上，狼吞虎咽地把牛奶喝个精光，一滴

也没剩下。

“小猫这下可喝饱了，它足足喝了两杯的量呢！”女仆说。

“快看呀，它站起来了！它在舔自己的毛！”苏菲大呼小叫。

“我们把它放在卧室里好不好？”保罗提议。

约翰说：“嗯，我的先生和小姐，我建议你们把小猫就留在厨房，这里有火炉，小猫可以在这里烤干湿漉漉的身体，顺便学会怎样把自己清洗干净。而且，在厨房，它想吃什么就有什么。如果它一旦想离开这儿，也来去自由。”

“这倒不假，那我们把小猫就留在这儿吧，苏菲。”保罗接受了约翰的建议。

“不过，它到什么时候都是我们的小猫，我可以随时来看它，对吗？”苏菲还是有点儿不放心。

“当然了，小姐。任何时候你都可以来看它，不论怎样，它都是属于你的。”约翰请他的小主人放心。

约翰抱起小猫，把它放在火炉和炉台之间。一直看到小猫睡着了，两个孩子才准备离开。走之前，他们再三嘱咐约翰在小猫的身边放一盘牛奶，这样它饿了的时候就可以马上喝到。

两人走着走着，苏菲突然说起给小猫起名字的事。

“我们给小猫起个什么名呀？”

“就叫‘心肝宝贝’吧。”

“不好，太俗了。叫‘帅哥’吧。”苏菲在心里琢磨好一会儿了。

“万一它越长越丑怎么办？”

“是啊，那我们管它叫什么呢？小猫还是有一个名字比较好。”

“嗯……这个名字应该很好听，不知道你听过没有：波米农。（译者注：法语BEAU-MINON，意为漂亮的小猫。）”

“哦，对呀！就是写金发小女孩儿的那个童话故事里提到过的名字。这个名字不错，就叫这只小猫波米农吧！我去求妈妈给它做一个项圈，上面绣上‘波米农’三个字！”

苏菲和保罗跑到德·雷昂夫人的房间，给她讲了小猫的故事，并请求她给小猫做一个项圈。

德·雷昂夫人到厨房看望了小猫，并量好了小猫脖子的粗细。

“真不知道这小家伙能不能活下来，它这么瘦弱，想站

稳都费劲儿。”德·雷昂夫人说。

“它怎么会在树篱那儿呢？猫不生活在树林里呀。”保罗心里奇怪。

德·雷昂夫人回答道：“可能是一些不听话的孩子带它出来玩，以为它自己能找到家，就把它丢弃在了树篱旁。”

“小猫怎么不自己回家呢？”苏菲问，“它如果这么不争气，把自己弄得厄运缠身似的也就怪不得别人了。”

“它这么小怎么可能找到回家的路呢？它很有可能是从很远的地方来到这里的，如果有坏人把你带到离家很远的地方，再把你扔在树林里，你怎么办？你自己能找到家吗？”德·雷昂夫人说。

“我才不会被困住呢！按照原路返回不就可以了？一旦遇见路人或者看见住家，我就告诉他们我的名字，请求他们带我回家。”苏菲的主意多着哪。

德·雷昂夫人又说：“你说的这些，前提是遇见了一个好心人。如果你遇到的人不那么热心肠，不太愿意为了送你回家放下手里的活儿，而你又走一条不熟悉的路呢？可不论怎样，你还是比小猫幸运多了，你可以张嘴说话，终究会有人理解你的难处，小猫能吗？就算它误打误撞找到了人家，它能告诉人家自己想吃什么、住在哪里吗？人家很有可能把它当成猎物，先打晕，再杀死。”

苏菲听了妈妈的话，又问：“它为什么在树林里，都快饿死了？”

德·雷昂夫人说：“也许是一群坏小子打了它，然后又把它丢在树林里。不过它待在那里也没那么糟糕，你们不是发现了它，把它救了吗？”

“可是姨妈，它不可能事先料到我们就会经过那里呀。”保罗说。

“嗯，它确实想不到，可是仁慈的上帝知道，是上帝安排你们从小猫身边经过，给了你们行善的机会，哪怕是帮助一只小动物这样简单的事。”

苏菲和保罗迫不及待地要回厨房看小猫，他们没有心思再和德·雷昂夫人说话，转身去了厨房。他们看见小猫波米农趴在从火炉里扒出来的热灰上，睡得正香，厨师约翰在它旁边放了一盘牛奶。

两个小家伙放心了。

他们不想打扰小猫的甜梦，便跑去花园玩儿了。

波米农没有死，才过了几天，它就健康强壮起来，长

成了一只活泼可爱的小猫。

时间一天天过去，波米农出落得更加漂亮了，白色的长毛油亮油亮，像阳光照在上面一样；淡粉色的鼻子让它看起来特别温驯，像小孩子一样惹人喜爱。波米农是一只纯种安哥拉猫，苏菲和保罗对它呵护得无微不至。保罗为了看望波米农，还经常在苏菲家住上几天。

波米农可真是一只最幸福的小猫。可它也有一点不好，它不听苏菲的话：波米农对小鸟十分残忍，每次苏菲把它带到外面，它就爬到树上找鸟窝，把鸟窝里嗷嗷待哺的幼鸟吃掉。有时，坏蛋波米农甚至吃掉了为保护小鸟与它誓死搏斗的鸟妈妈。苏菲和保罗想方设法把波米农从树上弄下来，可这只小猫根本听不进他们的话，我行我素，继续上树吃小鸟，人们经常能听见小鸟凄厉的哀鸣。

每次波米农从树上下来，苏菲就用荆条使劲儿地抽打它。但波米农很快就学会了逃避惩罚，它趴在高高的树上赖着不肯下来，这样，矮小的苏菲就够不到它了。还有几次，当波米农下树下到一半时，突然冲向地面，跳到地上，还没等苏菲反应过来，它已经跑得无影无踪。

“走着瞧，波米农！上帝自会惩戒你的恶毒！你的厄运总有一天会降临！”孩子们经常教训这只叛逆的小猫。

可小猫波米农把这些话当作耳旁风。

一天，德·雷昂夫人带回家一个镀金的鸟笼，里面有一只漂亮的灰雀。

“我的孩子们，你们看，这是一位朋友送给我的灰雀，它多漂亮呀！它的歌声动听极了！”

“真的吗？我好想听它唱歌！”苏菲颇有兴趣地说。

“好的，我让它唱歌给大家听。但是你们要靠远一点，不要离小鸟太近，它会害怕的。”德·雷昂夫人准备和小鸟说话了，“亲爱的小鸟，亲爱的小鸟，我的好朋友，唱首歌给我们听吧。”

灰雀摇晃了几下身体，把头朝左右各低了一下，好似台上的演员向观众致意一样。灰雀用口哨先吹了一曲《月光下》，接着又吹奏了《我有一卷好烟》和《善良的国王达戈贝尔特》两首朗朗上口的歌曲。

孩子们目不转睛地盯着灰雀歌唱，他们屏住呼吸，十二分地小心，生怕吓到灰雀。

灰雀刚唱完最后一个音，保罗就喊了起来：“哦，姨妈，它唱得太动听了！它的声音婉转动人，我真想天天听灰雀

唱歌！”

“等晚餐以后再让它唱给我们听吧，它肯定累了。别忘了，它可是经过一段长途跋涉才来到我们这儿的。现在，我们来给它喂些吃的。我的孩子们，你们俩去花园里帮我摘些青花菜，或者车前子，园丁会告诉你们去哪儿找这两种植物的。”

德·雷昂夫人吩咐他们只摘一把就足够了，没想到两个孩子从菜园摘回了好多的青花菜，多得都可以把整个鸟笼子盖起来了。他们刚把青花菜放进鸟笼子，灰雀就开始啄食它的食物了。

“孩子们，我们现在去吃饭吧。你们的爸爸可等了半天了。”德·雷昂夫人说。

吃晚餐的时候，大家还在谈论那只漂亮的灰雀。

“它黑色的小脑瓜多漂亮呀！”苏菲说。

“还有它红色的腹部，也很漂亮！”保罗激动着呢。

“是啊，你们不知道灰雀唱歌有多动听！”德·雷昂夫人说。

“那就让灰雀把它会唱的歌都唱给我们听。”德·雷昂先生说。

吃过晚餐大家又来到客厅，两个孩子跑在大人前面。

刚一进客厅，德·雷昂夫人就听到一声惨叫。她循着声音跑过去，看见鸟笼的好几根铁条折弯了，甚至折断了，波米农敏捷地跳在地上，嘴里叨着扑腾着翅膀的灰雀。德·雷昂夫人被眼前的情景吓坏了，她大叫一声，站在那里一动不动，手臂悬在半空，指向鸟笼。

德·雷昂夫人想从波米农嘴里夺下灰雀，但机敏灵巧的波米农闪电一般蹿到扶手椅下面躲了起来。这时，德·雷昂先生冲到客厅，抡起火钳，朝波米农打过去。波米农好像早有准备，从门缝里钻了出去，德·雷昂先生穷追不舍，从一个房间追到另一个房间，又从一条长廊追到另一条长廊。

灰雀不再挣扎，大家再也听不到它的惨叫了。

终于，德·雷昂先生用火钳狠狠地教训了波米农，小猫忍不住疼痛，松开了嘴里的灰雀。

火钳正好打在了波米农的脑袋上。德·雷昂先生用力过猛，波米农最终没能逃脱厄运。它瘫倒在地，抽搐了几下，便再也不动弹。它躺在灰雀旁边，死了。

德·雷昂夫人和孩子们赶了过来，看到的只是一动不动的波米农和灰雀。

“波米农！我可怜的波米农！”

“天哪！可怜的灰雀！”

苏菲和保罗伤心不已。

“亲爱的，你干了什么？”德·雷昂夫人质问丈夫。

“我惩罚了坏蛋，但没能解救无辜的灰雀。”德·雷昂先生说，“灰雀被坏蛋波米农咬死了，不过波米农再也不能为非作歹了，因为我不小心把他打死了。”

苏菲不敢吭声，她看着可怜的波米农痛哭了很久。尽管波米农顽皮叛逆，苏菲心里还是喜欢它的。

“我跟波米农说过多少次了，它对小鸟那么残忍，仁慈的上帝终有一天会惩罚它的。”苏菲对保罗说，“可怜的波米农，也算是罪有应得了。”

十七、针线盒

苏菲每一次看到自己喜欢的东西，都央求妈妈送给她。如果妈妈拒绝，她就一遍一遍没完没了地求，直到惹妈妈生了气，把她送回房间。

苏菲对那些自己喜欢的东西念念不忘，经常是一边想，一边自言自语：“怎么才能得到我喜欢的这些东西呢？我一定有办法得到它们！”

但事情往往是这样：为了得到自己想要的东西而受罚，可苏菲还是屡教不改。

一天，德·雷昂夫人把苏菲的爸爸从巴黎寄来的针线盒拿给她看。这是一个外面玳瑁镶金，里面铺着双层蓝色

天鹅绒的针线盒。盒子里顶针、剪刀、保护套、锥子、线轴、小刀、折刀、小钳子、纫针器……可谓应有尽有，而且所有的工具都是纯金的。

针线盒里还有一个格子，里面放着针盒、金质别针盒、各种颜色的蚕丝、粗细不同的毛线和彩带、饰带。

看着如此精美的针线盒，苏菲手心发痒："真是太漂亮了！有了这些工具，做针线活儿要多美就有多美了！这个针线盒是送给谁的呢，妈妈？"

但是，苏菲却期待妈妈这样回答："不，是送给你的，苏菲。"

妈妈对她说："这是你爸爸送给我的。"

苏菲噘起小嘴："真遗憾！我太喜欢这个针线盒了。"

德·雷昂夫人说："谢谢你对这件礼物的评价，小魔头。不过，你好像因为这个盒子是送给我的生气了，这可不怎么大度。"

苏菲对妈妈说："妈妈，您就把针线盒送给我吧，求您了。"

德·雷昂夫人说："你只有多做一些针线活儿，直到做得足够好，然后再买一个漂亮的针线盒也不迟。另外，你还没学会整理东西，你会把用过的工具扔得到处都是，把它们一个个弄丢。”

“不会的，妈妈！我向你保证，我一定把针线盒保管好。”苏菲信誓旦旦地说。

“好了，苏菲，不要再纠缠这件事了，说不行就不行，你现在还太小。”德·雷昂夫人严肃地说。

“我一开始就做得很好啊，妈妈，我喜欢做针线活儿”苏菲说。

“是吗？可为什么我每次让你做针线活儿的时候，你都苦着脸？”德·雷昂夫人被苏菲磨得不耐烦了。

苏菲被问得张口结舌，说：“那是因……因为……因为我手里没有那么多的工具呀！但是，如果您让我用爸爸寄来的这个针线盒，我就可以高高兴兴地做针线活儿了！噢，想想都觉得开心！”

德·雷昂夫人就等着苏菲狡辩呢：“如果你在没有针线盒的情况下，还能愉快地做针线活儿，那才是争取得到一个针线盒的最好方法！”

苏菲说不过妈妈，开始耍赖：“妈妈，求您了……”

德·雷昂夫人真的生气了：“苏菲，你烦不烦呀，我求

你别再想针线盒的事了。”

苏菲不吱声了，死死地盯着针线盒看。

在苏菲接下来发出十几次请求之后，德·雷昂夫人终于崩溃了，把她带到了花园。

苏菲既不玩也不散步，坐在长椅上，对那个针线盒还是念念不忘，变着法地想怎么把针线盒拿到手：“我要是会写字就好了，给爸爸写信，让他寄一个一模一样的针线盒给我。可问题是，我一个字也不会写呀！如果我让妈妈把我想说的话写下来，她肯定不愿意，弄不好我又要挨骂。或许，我可以等，等爸爸回来带一个针线盒给我。可是我现在就想要针线盒，爸爸回来的日子还远着呢。”

苏菲想啊想，想了很久。突然，她有了主意。她从长椅上站起来，搓着手说：“有了，有了，针线盒肯定归我了！”

苏菲回到客厅，只看见桌子上的针线盒，没看见妈妈。

苏菲蹑手蹑脚地走到桌子前，打开针线盒，把所有的工具一个个地拿走。一想到自己在偷东西，苏菲的心就怦怦直跳，好像自己就是被关进监狱的小偷。

苏菲害怕在拿工具的时候被人撞见，但庆幸的是，没人到客厅来。苏菲拿完了针线盒里的所有工具，轻轻地把盒子盖好，摆到桌子最中间的位置，然后转身来到一个堆满玩具和迷你家具的小客厅，拉开小桌子下面的抽屉，把所有的工具都锁了进去。

“妈妈留一个空盒子也没什么用，这样她就可以把它送给我了！”苏菲转动着小脑瓜，嘴上还念叨着，“我再把所有的工具都放回到盒子里，这样，一个全套的针线盒就归我了！哈哈！”

苏菲忘乎所以地做着美梦，根本没想到自己犯了错，甚至忘了问问自己：妈妈知道了怎么办？她会指责谁偷了她的东西吗？如果有人问是不是我偷的，我该怎么回答呢……

一个上午过去了，苏菲没有被妈妈发现。德·雷昂夫人针线盒里的工具就这样神不知鬼不觉地消失了。

晚餐的时候，受邀的客人都聚集在客厅里，德·雷昂夫人即将向客人们展示丈夫从巴黎寄给她的精美针线盒。

“大家看，这里面装了满满一盒工具，所有用来做针线活儿的东西这里都有。”德·雷昂夫人说，“光看这个盒子，就已经很漂亮了。”

“嗯，真是漂亮！”客人们对针线盒赞不绝口。

当德·雷昂夫人打开针线盒，里面空空如也，这让

德·雷昂夫人和围过来的客人们大吃一惊。

“这是怎么回事？”德·雷昂夫人无法相信自己拿着的是一个空盒子，“早上以后我就没碰过它，里面明明装满了工具。”

“您是不是忘在客厅里了呀？”几位女士帮着德·雷昂夫人回忆。

“我相信，并且能够肯定，我的任何一个仆人都绝对忠诚，他们不会偷我的东西。”德·雷昂夫人自信地说。

一位女士分析道：“但盒子是空的呀，我亲爱的夫人，一定是有人把里面的东西偷走了。”

苏菲躲在人群后面听着妈妈和客人们的对话，小心脏扑通扑通地乱跳。她吓得浑身颤抖，脸蛋儿红得像萝卜皮。

德·雷昂夫人扫视过人群，没发现苏菲，便喊她的名字：“苏菲！苏菲！你在哪儿？”

苏菲佯装没听见，不应答。紧挨着苏菲的几位女士发现了她，便纷纷向两侧退了几步。苏菲就这样红着脸、浑身颤抖地暴露在众目睽睽之下。这一下，她无处躲藏了。

众人心照不宣，用怀疑的目光注视着苏菲。

“你过来，苏菲。”德·雷昂夫人按捺着怒气。

苏菲挪动还在发抖的双腿，磨磨蹭蹭地向前走了一步，来到妈妈身前。

“你把针线盒里的东西放哪儿了？”

“我什么都没拿，妈妈，真的，我什么也没藏。”

“说谎是毫无意义的，小姐，如果你不想受到应有的惩罚，就立刻把所有的东西拿出来。”

苏菲吓坏了，只能边哭边回答妈妈的问话。

“可是……我保证，我什么都……什么都没拿，妈妈。”

“你跟我来。”德·雷昂夫人怒气冲冲。

苏菲不听话，站在原地不动。德·雷昂夫人转身一把拉住苏菲的手，拽着她往堆满玩具的小客厅走去。叛逆的小苏菲使劲儿往后退。

德·雷昂夫人在小客厅里到处找，翻遍了衣柜和小五斗橱的抽屉，可什么也没找到。她有点儿害怕错怪苏菲了。

德·雷昂夫人朝小桌子走去，苏菲抖得更厉害了。妈妈拉开小桌子的抽屉，看见所有的工具都在里面，一样都不少。

德·雷昂夫人火冒三丈，二话不说，用力地把苏菲拽到身前，狠狠地揍她。

VOLEUSE
MINNE.

妈妈从来没有这么狠地打她。苏菲哭也没用，求妈妈更没用。我们不得不承认，苏菲和她的小猫波米农一样，罪有应得。

德·雷昂夫人清空了抽屉，把里面所有的东西都带走了，扔下苏菲一个人在小客厅里号啕大哭。

德·雷昂夫人把工具重新整齐地摆放在了针线盒里。

苏菲本该在自己的卧室里吃饭、玩耍，可她羞愧不已，不敢走回自己的房间。不过苏菲的心情并没那么糟糕，因为妈妈让女仆带她回到了卧室。

尽管女仆平时很娇惯苏菲，但小主人偷东西的行为还是令她感到气愤，她情不自禁地叫苏菲“小偷”。

“我必须把自己的东西都锁起来，我真怕你趁我不注意把它们偷走。”女仆说，“如果家里再有什么东西找不到了，那我们就很清楚是谁偷的了，直接去你的抽屉里找就行了。”

第二天，德·雷昂夫人把苏菲叫到身边。

“听好了，小姐，这是你爸爸在寄来的针线盒的包裹里夹带的一封信。”德·雷昂夫人把信打开。

“亲爱的夫人，我给你寄去了一个刚买到的针线盒，很漂亮，我想把它送给苏菲。但你千万不要告诉她这是送给她的，也不要现在就交给她。因为她需要接受一周的考验，如果她在一周之内都很听话，没犯任何错误，那么这个针线盒就可以当作对她的奖励。你可以给她看这个盒子，但是不要说是买给她的。我不想让苏菲因为利诱才表现得听话，哪怕只是为了得到一个精美的礼物。我希望她能够发自内心地做一个乖乖女。”

“看见了吧，你偷了我的东西就等于偷了你自己的东西。”德·雷昂夫人继续教导苏菲，“接下来的几个月，你变得再乖也无法弥补已经犯下的错误。我希望你能够吸取教训，再也不做这么肮脏不堪、令人羞耻的事情！”

苏菲哭个不停，请求妈妈的原谅。

德·雷昂夫人原谅了女儿，但她不会把针线盒送给苏菲了。

几天后，德·雷昂夫人把针线盒送给了苏菲的小伙伴伊丽莎白。伊丽莎白能做一手漂亮的针线活儿，而且生性乖巧，惹人喜欢。

诚实、善良的保罗听说苏菲偷了姨妈的东西，也非常生气，足足有一个星期都不愿到苏菲家去见她。但是，当他得知苏菲对自己的错误感到悲伤懊恼，对自己被人叫“小偷”感到羞愧不已的时候，他又忍不住同情苏菲，为她伤心。

保罗来看望苏菲，他没有责怪苏菲，而是耐心地安慰她：“我可怜的苏菲，你知道吗？能够忘记偷东西这件事的最好办法，就是做一个诚实的人。这样的话，大家连怀疑都不会怀疑你了。”

苏菲向保罗保证，从今以后，做一个善良诚实的人。她请保罗相信，自己可以信守诺言。

十八、毛　驴

足足有两个礼拜，苏菲很乖很乖，连一个大错都没有犯。保罗发现苏菲很久都没发小脾气了，女仆还夸奖苏菲越来越听话了，妈妈也觉得女儿不像从前那样贪吃、懒惰了，而且也不爱撒谎了。她心里一直想奖励奖励苏菲，但又不知道女儿更喜欢什么样的礼物。

一天，德·雷昂夫人正在屋里忙着，不经意间，听到了窗外苏菲和保罗的对话，对女儿苏菲想要的东西心里有了数。

“热死我了，热死我了，我现在浑身都是汗。”苏菲边擦汗边说。

“我也是，可是我们也没干什么呀。”保罗说。

“如果我们能用上菜园里的手推车干活就省事多了！”苏菲说。

“我俩可没那么大的劲儿推手推车。前几天，我试着推一辆大手推车，光是抬起它的把手，就费了我好大的力气。你知道，那个大手推车有多重？这么说吧，与其说我去拉车，还不如说是车在拉我；我往前推它的时候，摔了一个屁股蹲儿，车里装的东西全部撒了出来。”保罗说得绘声绘色。

苏菲一听，着了急：“天呀，什么时候才能把这些活儿干完呀！到现在我们还不能翻土、种菜，除非运来上百车的好土到这儿。不过，那要去很远很远的地方才能找到。”

“不然你有什么高招？我承认，这确实需要花很多的时间，但无论怎样，我们一定可以把事情做好！”保罗自信满满地说。

“如果我们有一头毛驴就好了。”苏菲想了想，“卡米尔和玛德琳娜·德·芙勒尔维勒都有毛驴呢！一头毛驴加上一辆小手推车……哈哈，那样可就太棒了，我们很快就可以收工！”

“是呀！”保罗觉得苏菲说得有道理，“可是我们现在

既没有驴，也没有手推车，所以我们得干毛驴干的活儿。”

“听着，保罗，我有主意了。”苏菲神秘兮兮地说。

保罗有点儿小瞧苏菲，笑了笑说：“哼，如果听你的，恐怕又要干蠢事儿了吧。因为一般情况下，你的主意都不怎么样。”

苏菲自顾自地继续说：“你先听我把话说完，再嘲笑我，行吗？我的主意真的特别好，好得都不敢相信是我自己想出来的。”

保罗催促苏菲：“你快说。”

苏菲说：“我问你，姨妈每个礼拜给你多少零花钱？”

“一法郎。”保罗说，“但这一法郎是用来送给穷人的。当然，我也可以出去玩儿，把这一法郎花掉。”

苏菲说：“我每个礼拜也有一法郎的零花钱，所以，加在一块，我们每个礼拜就有两个法郎。从现在开始，我们俩都不再花零花钱，每个礼拜攒两法郎，直到我们可以买下一头毛驴和一辆小手推车！”

保罗说：“你的主意倒是不错，可前提是我们每个礼拜必须有二十法郎的零花钱，而不是少得可怜的两法郎！如果每个礼拜我们攒下这两法郎，就没有钱可以送给穷人了，我认为这是一件非常不靠谱的事。再说了，就这么两法郎两法郎地攒，要等到两年以后我们才买得起毛驴和车！”

苏菲接着说：“每礼拜两法郎，一个月是多少法郎呢？”

保罗说：“我说不出确切是多少，但我知道肯定是少之又少。”

苏菲想了想，说：“啊！我想出一个方法：如果让妈妈现在就把买新年礼物的钱给我们呢？”

保罗不假思索地说：“她们肯定不会答应。”

苏菲还是坚持自己的想法：“我们去问问吧！”

保罗一副不耐烦的样子：“你自己去问问好了，我倒是要听听姨妈怎么回答你。如果她答应了你，我再去问我妈妈也不迟呀。”

苏菲连忙去找妈妈。

在屋里忙着的德·雷昂夫人假装什么也没听见。

“妈妈，您可以提前把买新年礼物的钱给我吗？”苏菲问。

“新年礼物？我没打算在这儿给你买新年礼物呀！我们不是说好回巴黎买吗？”德·雷昂夫人说。

“哦，妈妈，我请求您把买新年礼物的钱给我，我现在

很需要这笔钱。”苏菲楚楚可怜地说。

“你怎么需要这么多钱呀？”德·雷昂夫人问女儿，“如果是用来送给穷人，你直接告诉我就好了，我可以尽量满足他们的需求。你知道，我从来不反对你帮助那些穷人。”

苏菲不知跟妈妈怎么说。但她还是继续恳求：“这些钱不是要拿给穷人的，妈妈，是……是为了……为了买一头毛驴。”

“什么？买毛驴？”德·雷昂夫人假装很惊讶。

“是的，妈妈！你看，我快要热死了！保罗比我还热呢！我们刚才一直在往花园里运土，我们需要很多工具！”苏菲边说边抹着额头上的汗。

德·雷昂夫人笑了，说：“你想让毛驴帮你运土？”

“不是的，妈妈！”苏菲说，“我当然知道毛驴不能直接运土，我还没来得及跟您说呢，除了毛驴，我们还需要一辆大的运货马车。我们把毛驴套在马车上，就可以不费力气地运很多很多土了。”

德·雷昂夫人说：“嗯，我承认你的主意不错。”

苏菲拍手叫好：“哈哈！我就知道这是个好主意！保罗！保罗！”苏菲把头伸出窗外大声地喊保罗，想把这个好消息快点告诉他。

苏菲正高兴得起劲儿，只听德·雷昂夫人说："苏菲，虽然你的主意不错，但是我并不想把买新年礼物的钱早早地交给你。"

"那……那我们该怎么办呀？"苏菲突然有点儿灰心。

"你和保罗就乖乖地待在家里，你呢，我的苏菲，坚持做一个乖孩子，因为听话的孩子才会有毛驴和车。你放心，只要你们表现得好，妈妈一定会尽快买毛驴和车送给你们。"德·雷昂夫人温柔地说。

苏菲听了妈妈的话高兴得跳了起来："我太幸福了！我太幸福了！谢谢您，我亲爱的妈妈！"她边说边拥抱妈妈，"保罗！保罗！我们有毛驴啦！我们有车啦！你快来！"

保罗飞快地跑了进来："在哪儿呢？在哪儿呢？"

"妈妈说她会给我们买毛驴和车！她会送给我们！"苏菲美滋滋地说。

"是的，是的，我会给你们买毛驴买车。"为了让两个小家伙放心，德·雷昂夫人继续说，"一来呢，是为了奖励你，我亲爱的保罗，你那么善良、懂事，又聪明；二来呢，是为了奖励你，我的女儿。这两个礼拜你表现得很好，我

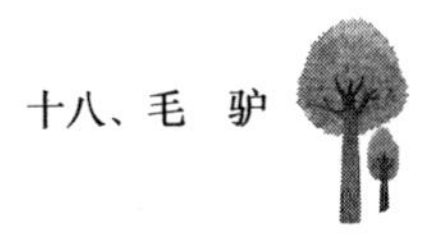

要鼓励你好好地向你的表哥保罗学习，做一个温柔、乖巧、上进的女孩儿。”德·雷昂夫人高兴地看着两个孩子，“好了，我们现在去找朗贝尔先生吧，请教请教他，请他帮我们买一头毛驴和一辆车。”

孩子们没等听完德·雷昂夫人的话，就跑到前面去了，急切地去见朗贝尔先生。

在院子里，他们找到了朗贝尔先生，他正在给刚刚买回来的小麦过秤。

苏菲和保罗你一言我一语，飞快地说着毛驴和车，朗贝尔先生惊奇地盯着两个孩子，竟不知道他们在说什么。德·雷昂夫人把话抢了过来，向朗贝尔先生解释了事情的来龙去脉。

德·雷昂夫人的话音刚落，苏菲便拽着朗贝尔先生的手臂说：“求您了，快去吧，朗贝尔先生，我们想立刻见到我们的毛驴。”苏菲请求道，“对！立刻！就在吃晚饭之前！”她又补充了一句。

朗贝尔先生笑着说：“我的小姐，毛驴可不像棍子面包那么好找。我需要跑遍这附近所有的地方，打听是否有人卖毛驴。只有仔细地找，才能找到一头温驯听话、不固执、不咬人，正值壮年的毛驴呀。”

“我的天，选一头驴怎么这么费事！”苏菲不耐烦了，“把你看到的第一头驴牵回来不就行了吗？多省事呀！”

“哦不，我的小姐，我当然不能看到一头毛驴就把它牵回来，这样的毛驴不仅会咬伤你，还会狠狠地踢你呢。”朗贝尔先生严肃地说。

苏菲还是不甘心：“可是……可是……不过，我相信保罗能制服它！”

保罗说：“我可没有那么大能耐。我不想跟一头又咬人又尥蹶子的毛驴较劲。”

“我的孩子们，这件事就交给朗贝尔先生去办吧！”德·雷昂夫人让孩子们安静下来，“他很在行，可以轻轻松松地办好你们的事儿。”

说完毛驴，保罗又想起了车：“姨妈，您可以再买一辆车给我们吗？怎么才能买到毛驴拉的那种小车呢？”

朗贝尔先生接过话茬儿：“别担心，我的保罗先生，车匠正在做车，在这期间，我可以把我的狗拉小车借给你，你想用多久就用多久。”

保罗高兴极了：“太感谢了，朗贝尔先生，那您快去吧！”

德·雷昂夫人看保罗着急的样子，说：“朗贝尔先生过

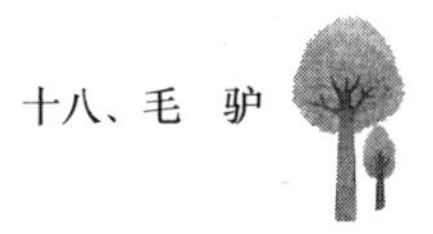

一会儿才能去找毛驴，他得花时间把小麦存放好，如果把小麦撂在院子里，会被小鸡和小鸟吃光的。”

朗贝尔先生把装有小麦的袋子全部堆放在了谷仓内。看到孩子们焦急的眼神，他赶紧到附近找毛驴去了。

苏菲和保罗以为朗贝尔先生很快就能牵一头毛驴回来，他们就在屋门前等，而且时不时跑到院子里去看看朗贝尔先生回来没有。一个小时过去了，两个小家伙都觉得苦苦等待无聊透顶。

保罗打了个哈欠，对苏菲说：“我们到花园里去玩儿吧？”

苏菲也犯困了，打了个哈欠，说：“在这儿玩儿不好吗？”

保罗又打了一个哈欠，说：“我不想在这儿玩儿，我觉得这儿一点儿都不好玩儿。”

苏菲担心地说：“如果离开这儿，我们就看不到朗贝尔先生牵毛驴回来了。”

保罗有把握地说：“我感觉他不会回来得这么早。”

苏菲反驳道：“我不这么认为，我相信他很快就会回来。”

保罗妥协了：“好吧，说实话，我也不想离开这儿，可干等着实在是太无聊了。”

苏菲说：“如果你觉得无聊的话，你可以走。我不强求你待在这儿，我一个人也不会寂寞。”

保罗犹豫了一下，说：“那好吧，我先走了！用一整天的时间等待，简直太傻了，有什么意义呢？如果朗贝尔先生回来了，我们肯定能在第一时间知道的。你想想，一旦他回来了，就会有人来花园里告诉我们。相反，如果今天朗贝尔先生不回来，我们在这儿白白地等一天又有什么用呢？”

苏菲听了保罗的话不太高兴：“好啊，你走吧，我又没拦着你。”

保罗说：“你真是莫名其妙。爱赌气的小姐，坏脾气的小姐，晚餐见！”

苏菲嘴不饶人：“再见！讨厌的、暴脾气的、无礼的、没教养的先生。”

保罗回头朝苏菲做了个嘲笑的手势：“再见！温柔的、有耐心的、人见人爱的苏菲小姐！”

这下苏菲气坏了，她跑到保罗面前想打他的脸。可是保罗对苏菲了如指掌，仿佛早有预料，撒腿就跑，轻而易举地躲过了苏菲的袭击。保罗边跑边回头，看见苏菲举着捡来的木棍，在身后穷追不舍。保罗生怕苏菲追上他，于是加快步伐，躲进了树林里。苏菲见保罗没影了，便闷闷

不乐地回家了。

“幸亏保罗跑得快，没被我追上。”苏菲嘀咕着，“不然我手中的木棍肯定会狠狠地教训他，他就会又被我弄伤……如果被妈妈发现了，她就不能给我买毛驴和车了。等保罗回来，我要拥抱他，他那么善良……可是也太爱捉弄人了吧！”

苏菲继续坐回家门口等朗贝尔先生，终于，她等来了晚餐开始的钟声。

白白等了这么久，苏菲气哼哼地回到家里。她看见保罗在她的卧室里，用嘲弄的眼神看着她。

“你等得还挺开心吧？”保罗问苏菲。

“哼，才不是呢。等待真是无聊透了，你早点儿离开是对的。这个朗贝尔先生！他肯定不会回来了！真没劲！”苏菲既气馁又生气。

“我早就跟你说他不会回来得这么快。”保罗说。

“对对对，你说过，我当然知道你说过。白等了一天确实是很无聊。”苏菲说。

这时，有人敲门。女仆应答：“请进！”

门开了，朗贝尔先生站在了门口。苏菲和保罗喜出望外，大叫起来，“驴呢？驴呢？”他们问。

朗贝尔先生说：“我的小姐，这儿附近没有毛驴卖了。自从白天从你这儿离开，我就一直在找，我走遍了我能想到的所有地方，可是没找到一头毛驴。”

苏菲开始大哭：“我的天啊，太糟糕了！现在该怎么办啊？”

朗贝尔先生劝苏菲：“你也不必伤心，我的小姐，我们会找到一头毛驴的，只是需要再等一等。”

保罗问：“要等多久呀？”

朗贝尔先生说：“一个礼拜或是半个月，这个要斟情而定。我明天去城里的集市，看看那里有没有长耳公。”

保罗没听懂：“长耳公？什么是长耳公？”

朗贝尔先生笑了：“我的先生，你这么博学，怎么能不知道长耳公呢？长耳公就是毛驴呀！”

苏菲转悲为喜：“哈哈！太好玩儿了！原来长耳公就是毛驴，我也没听说过呢！”

朗贝尔先生见苏菲笑了，便放心了。他从容地说：“是呀，我的小姐，人越长大就会越博学，不是吗？好了，我去向德·雷昂夫人禀报一下，告诉她明天一大早我就得去

集市找毛驴。再见，我的先生、小姐。”

朗贝尔先生离开了，两个小家伙终究没有等来毛驴，他们长长地叹了口气，难掩失望的神情：“也许，我们还要等很久很久。”

第二天上午，仍然是漫长的等待。苏菲和保罗的叹气声不比前一天的少。德·雷昂夫人跟两个小家伙说，今天很可能和昨天一样，还是白白地等待。我们不可能在下一秒钟就得到自己渴望的东西，人要习惯等待，哪怕有的时候没有结果。

可在这个节骨眼儿上，无论好话赖话，孩子们都听不进去。他们一边说德·雷昂夫人说得对，一边心烦意乱地屡屡向外张望，看是否有朗贝尔先生和毛驴的身影。

突然，站在窗户前的保罗听见了“嗯昂，嗯昂”的叫声，这只能是毛驴发出的叫声！

“苏菲！苏菲！你听！是不是有驴在叫？”保罗兴奋地说。

德·雷昂夫人说：“也许是附近村庄的驴，路过我们这里。”

“妈妈，您快让我去看看是不是朗贝尔先生牵着长耳公回来了！”苏菲急坏了。

“长耳公？”德·雷昂夫人生气了，“是谁教你这么说话的？只有乡下人才把毛驴叫长耳公。”

“姨妈，是朗贝尔先生教我们的！他还奇怪我们怎么连这个也不知道呢！”保罗忙解释道。

“朗贝尔先生可以像乡下人一样说话，你们可不行。你们身边的人都是受过良好教育的，说话要注意用词。”德·雷昂夫人严肃地说。

“妈妈，我又听见毛驴‘嗯昂嗯昂’地叫了！我们可以去看看吗？”苏菲恨不得马上跑出去。

德·雷昂夫人说：“去吧，去吧，我的孩子们。你们只能在大路上待着，不要越过栅栏。”

苏菲和保罗一个箭步冲了出去，他们跨过草丛，穿过树林，一心想着快点看到毛驴。德·雷昂夫人担心地对孩子们喊：“不要到草丛里去！草长得太高了！小心树林里的植物，上面都是刺儿！”两个小家伙根本不听，疯狂地奔跑，像狍子一样上蹿下跳，很快就到了栅栏前。他们一眼就看到了朗贝尔先生，他拽着笼头牵着毛驴：这是一头个头儿不大却很漂亮的毛驴。

“是毛驴！是毛驴！您太棒了，朗贝尔先生！真是太好了！”苏菲和保罗恨不得扑上去亲一口朗贝尔先生。

“它真漂亮！”保罗的嘴快咧到耳朵根儿了。

“它看上去就很乖。”苏菲高兴地说，“我们赶快去告诉妈妈吧。”

“来骑上毛驴吧，我的保罗先生，苏菲小姐可以坐在你的后面。我来牵着它的笼头。”朗贝尔先生很喜欢两个孩子。

“我们摔下来怎么办？”苏菲问。

“放心吧，我的小姐，不会有事的，我买来的是最好的驴，它温驯着呢。我就在你身边，别害怕。”朗贝尔先生说。

话说完，朗贝尔先生把两个小家伙扶上毛驴，自己紧挨着两个孩子走。就这样，三个人来到了德·雷昂夫人的窗前。德·雷昂夫人看见他们走过来，也想出去好好瞧瞧这头毛驴。

大家把毛驴牵到马厩，苏菲和保罗给毛驴喂了些小麦，朗贝尔先生用稻草给毛驴铺了一张舒服的床。

两个孩子很想看着毛驴把小麦吃完，可是晚饭的时间就要到了，他们还要洗手、梳头，于是，大家把毛驴留在马厩里独自过夜了。

接下来的几天，大家把毛驴拴在了狗拉小车上，等待车匠做出精美的车子，到时候，两个孩子就可以坐上属于他们自己的小车东游西逛了。最重要的是，保罗和苏菲还可以用小车运土、沙子和一盆盆鲜花——把他们想种在花园里的植物都运来。

保罗很快就学会了给毛驴拴套、卸套、铺床、喂草、饮水，以及怎样给毛驴清洗和梳理。苏菲每次都来给保罗打下手，她干得几乎也和保罗一样好了。

为了便于苏菲和保罗骑乘毛驴，德·雷昂夫人为他们买来了精美的驮鞍。

起初，苏菲和保罗还在女仆的陪护下骑毛驴，渐渐地，大家发现这头毛驴温驯得像一只小绵羊，于是，德·雷昂夫人便允许苏菲和保罗在公园内独自跟毛驴相处了。

一天，苏菲骑在毛驴上，保罗用小棍子抽打毛驴，让毛驴加速前进。苏菲对保罗说："别打它，它会疼的。"

"可是我不打它，它就不走了。再说了，我的棍子这么细，怎么打得疼它呢。"保罗不屑地说。

"我有一个主意！我们不用棍子打毛驴，用马刺刺它，你觉得怎么样？"苏菲又开始动歪脑筋了。

“哼，你这主意真可笑！首先，你没有马刺；其次，毛驴的皮很厚，它根本就感觉不到马刺。”保罗就知道苏菲没什么好主意。

“谁说的，用棍子和马刺不都一样吗？我们就试试吧，如果马刺不会弄疼毛驴的话，就再好不过了。”苏菲固执己见。

“可是我上哪儿给你弄马刺去呢！”保罗说。

“我们用大号的别针做一个吧。”苏菲说得头头是道。

“嗯，这个想法不错。你有别针吗？”保罗问苏菲。

“我没有，但是我们可以回家取。我去向厨师要一些别针，厨房里有很大的别针。”苏菲说。

保罗也骑上毛驴，和苏菲两个人很快就到了厨房。

厨师以为苏菲要别针是为了缝补裙子上的破洞，慷慨地给了他们两个。

苏菲可不想在家门口做马刺，因为她知道，一旦让妈妈看见自己做了蠢事，就免不了挨一顿骂。

“还是去树林里比较好，我们可以坐在草地上做活儿，毛驴也正好有青草吃，我们就像游客一样悠闲自在。”苏菲说。

苏菲和保罗一到树林，就从毛驴上跳下来，席地而坐，开始做手工。毛驴快活极了，津津有味地吃着路边的青草。

两个人用第一根别针把皮鞋穿了个洞，但由于别针弯曲过度，没能派上用场。不过，幸好他们有第二根别针。有了已经穿好的洞，第二根别针很容易就穿透了皮鞋。苏菲把皮鞋穿上，系紧鞋带，保罗把毛驴牵过来，扶苏菲骑了上去。

苏菲用鞋跟儿踢毛驴，用别针轻刺毛驴。毛驴小跑起来。苏菲很高兴，不停地刺毛驴，毛驴跑得飞快，快得让苏菲感到恐慌，她紧紧拽着缰绳。可是苏菲越害怕，就越用力把鞋跟儿紧靠在毛驴身上，而她越用力，毛驴跑得就越快。毛驴突然尥起蹶子，猛地跳了起来，把苏菲甩出十多步远。

苏菲重重地摔在了沙地上，头晕目眩，双手和脸颊都划破了。跟在后面的保罗吓了一大跳，急忙跑过来扶起苏菲。

“我们怎么跟妈妈说呀？”苏菲问保罗，“要是她问起我怎么摔成这样，我们该怎么回答？”

“实话实说呗。”保罗不假思索地说。

“不行，不行！别提别针的事情，保罗。”苏菲说。

“那你想让我怎么说呀？”保罗问。

“你就说毛驴尥蹶子我摔了下来。”苏菲说。

“谁会相信呀！毛驴那么温驯，要不是你使坏，用别针刺疼它，它才不会尥蹶子呢。”保罗说。

“如果你说了别针的事情，妈妈肯定会骂我们，还会把我们的毛驴没收！”苏菲说。

“不管怎么样，我认为你应该说实话。因为每次你向姨妈说谎，都会被她立刻识破。你明明可以实话实说，避免受到更严重的惩罚，可你偏要说谎。”保罗一脸无奈。

“真搞不懂你，为什么非要让我提到别针不可，我这次不是不得不隐瞒这件事情吗？而且我说的也是事实呀！难道不是因为毛驴尥蹶子我才摔下来的吗？”苏菲强词夺理。

“好好好，随便你好了，总之，我认为你做得不对。”保罗说。

“我不准你提别针，保罗，你什么也不许提。”苏菲大声告诫保罗。

“别生气呀，你还不知道我吗？我可不想让你挨罚。”保罗宽厚地说。

苏菲和保罗来到刚才那片城堡附近的小树林找毛驴，

可是毛驴不见了。他们看见妈妈们边喊他们的名字，边跑过来。

“发生了什么，我的孩子们？你们受伤了吗？我们看见你们的毛驴飞奔回家，好像受惊了一样，连它身上绑着的皮带都断了，我们好不容易才把它牵走。我们吓坏了，以为你们出了什么事。”

“没事，妈妈，什么都没发生，我只是摔了一跤。”苏菲轻描淡写地说。

德·雷昂夫人问：“摔了一跤？怎么摔的？”

苏菲说：“我骑在毛驴身上，不知怎么，毛驴又跳又尥蹶子，我就从上面摔了下来。不过没什么大不了的，只是手和脸被划破了。”

德·奥贝尔夫人问保罗：“毛驴怎么尥蹶子了呢？它不是温驯得很吗？”

保罗顿时怔住了，不知如何回话：“嗯……当时，苏菲骑在上面，妈妈，是苏菲骑在上面的时候毛驴尥蹶子的。”

德·奥贝尔夫人接着问：“好的，我明白了，但是毛驴为什么尥蹶子呢？”

苏菲急了：“当然是因为它想尥蹶子，我的姨妈！”

德·奥贝尔夫人说："我觉得并不是因为毛驴不想和你们玩才尥蹶子的。今天的事很蹊跷呀。"说完话，她就和德·雷昂夫人领着孩子们回家了。

回到卧室，苏菲清洗满是尘土的脸颊和手，换下脏兮兮的、被刮破的裙子。德·雷昂夫人进来了，拿着苏菲的裙子反反复复地仔细看，说："你怎么把裙子弄成这样，苏菲，看来你摔得不轻呀。"

"啊！"女仆大喊了一声。

"哈哈哈，这真是个好主意，快来看苏菲的发明，夫人！"女仆把苏菲皮鞋里的大号别针拿给德·雷昂夫人看，苏菲摔到地上之后忘了把它取出来。

"这是什么？"德·雷昂夫人一时还弄不清楚怎么回事，"别针怎么会在苏菲的皮鞋里？"

"这别针当然不是自己跑到皮鞋里来的，夫人，"女仆接着说，"您看这皮鞋，这么结实，别针怎么可能一下子就能把它穿透呢。"

德·雷昂夫人好像忽然明白了什么："说吧，苏菲，别针怎么跑到你的皮鞋里去了呢？"

"我也不知道呀，妈妈。我真的不知道。"苏菲紧张地说。

“你不知道？你穿鞋的时候难道就没看见这么大的一个别针？”德·雷昂夫人生气了。

“是的，妈妈，我没看见。”苏菲颤抖地说。

“这不可能，我的苏菲小姐，”女仆说，“是我给你穿的皮鞋，我可以肯定，里面没有别针。你难道是想告诉你妈妈我是个粗心大意的人吗？我并不是这样的人，小姐。”

德·雷昂夫人让苏菲自己说，可苏菲一声不吭，只是脸蛋越来越红，她变得越来越难堪。

“如果你不愿意承认错误，那么我只好去问保罗，他从来不说谎。”德·雷昂夫人说。

苏菲突然开始啜泣起来，但还是嘴硬。

德·雷昂夫人来到德·奥贝尔夫人的家，找到保罗，问他苏菲皮鞋里的别针是怎么回事。保罗看着生气的姨妈，以为苏菲已经全招了，于是决定实话实说：“别针是用来做马刺的，姨妈。”

“你们用马刺干什么？”德·雷昂夫人问。

“当然是为了让毛驴跑得更快呀，姨妈。”保罗道出了秘密。

德·雷昂夫人恍然大悟：“天呀，我终于明白毛驴为什

么尥蹶子把苏菲甩下来了。她用别针刺这头可怜的小动物，毛驴当然要出于本能保护自己了。”

德·雷昂夫人回到家里，找到苏菲：“我知道了所有的事情，苏菲小姐。你真是一个撒谎精！如果你诚实说真话，我大不了批评你一顿，而不会惩罚你。可是现在为时已晚，你要为说谎付出代价。所以，接下来的一个月，不许你再骑毛驴了！”

苏菲号啕大哭，德·雷昂夫人气得转身离开。

保罗再看见苏菲的时候，一遍一遍地对她说：“我跟你说过，如果你承认错误，我们就不会失去毛驴，你也不会像现在这么伤心。”

苏菲无数次地请求妈妈的原谅。德·雷昂夫人是个说到做到的人，她没有再让苏菲骑毛驴。

十九、毛驴拉车

德·雷昂夫人好久都没让苏菲骑毛驴。

一天，苏菲对保罗说："不让我们骑毛驴我们就不骑，但我们可以把毛驴牵来套在车上，然后带它去溜达溜达，你牵一会儿，我牵一会儿。"

"你以为我不想吗？可是姨妈能答应我们吗？"保罗说。

"你去问问我妈妈吧，我可不敢去。"苏菲低着头说。

保罗找到姨妈，求她开恩，让他和苏菲牵走毛驴。

出乎意料，德·雷昂夫人答应了保罗的请求，但前提是由女仆陪着他们一起玩儿。

保罗一五一十地转达了姨妈的要求，但苏菲听过以后

小声嘟囔道：“真没劲，我讨厌女仆跟着我们。她胆小如鼠，不会让我们骑上毛驴快跑的。”

“你明明知道姨妈不放心我们，还想骑上毛驴快跑？”保罗提醒苏菲。

苏菲赌气不吱声。

保罗跑去找女仆，牵毛驴。

半个小时以后，毛驴和车稳稳地停在了屋门前。

苏菲坐上了毛驴车，噘着小嘴，一路上闷闷不乐，无论保罗怎样逗她开心都没用。最后，保罗忍不住地说：“你这么阴沉着脸可太没劲了！我现在就回家，我可不想自己一个人说话、一个人玩儿，还要忍受你满脸的不高兴！”

保罗牵着毛驴往家走，苏菲还在那儿气哼哼地不说话。

毛驴和车又回到了屋门前。下车的时候，苏菲不小心被脚蹬子绊了一下，从车上摔了下来。好心的保罗赶紧跳下车扶起苏菲。苏菲没觉得摔了有多疼，倒是保罗的善良打动了她，她哇地哭了。

“你摔疼了吗，我可怜的苏菲？”保罗搂住苏菲，“来，别怕，靠着我吧，我撑得住你。”

“不，我亲爱的保罗，”苏菲抽泣着，“我一点儿也没摔

疼，我哭是因为你总是这样对我好，而我动不动就欺负你，我很后悔。”

“千万不要因为这个伤心，我的苏菲。”保罗说，“我对你好是理所应当的呀，因为我很爱你，看见你开心，我才开心呀。”

苏菲哭得更厉害了，她一把搂住保罗的脖子。

保罗不知怎样安慰苏菲才好，他说：“苏菲，如果你一直哭，我也会哭的。你这么伤心，我怎么高兴得起来呢？”

苏菲听了，擦了擦眼睛，向保罗保证自己不哭了，可她还是止不住地流眼泪：“保罗，你就让我哭吧，哭出来我就好了。”

苏菲注意到保罗的眼眶里有泪水在打转，她马上擦干自己的眼睛，露出了笑容。两个小伙伴手拉手到屋里去玩了，一直玩儿到晚饭前。

第二天，苏菲又想坐上毛驴车去溜达溜达了。可是女仆抽不出空来，她需要清理打扫屋子，没时间陪她一块儿出去玩儿。而妈妈和姨妈也赶巧要去离家四公里外的地方拜访一位朋友，也就是德·弗乐维尔维勒夫人。

“那我们今天就什么也干不了啦！”苏菲遗憾地说。

“如果你们两个事先乖乖地待在家里让我放心，我早就让你们俩去骑毛驴了。”德·雷昂夫人说，“可是你，苏菲，你总是喜欢胡思乱想，我真怕你弄巧成拙，酿成大祸。”

“不会的，妈妈！”苏菲恳求妈妈，“你不用担心，我不会再动歪脑筋了，就让我们去骑毛驴吧，您看毛驴多听话呀！”

“是呀，只要我们不欺负它，它就会很听话，”德·雷昂夫人严肃地说，“如果你还像那天一样用别针弄疼它，今天它就能把车踢翻！”

“哦，姨妈，苏菲再也不会那样做了，”保罗帮苏菲求情，“当然，我也不会的……其实，我应该和苏菲一起受罚，因为那天是我帮苏菲用别针把皮鞋穿透的。”

“好吧，我也很想让你们独自去玩儿。但是你们决不许离开花园，也不许到大路上去，更不许跑得太快，听见了吗？”

“谢谢您，妈妈！谢谢您！姨妈！”苏菲和保罗高兴极了，两人像脱缰的野马，撒腿就往马厩跑。

正当保罗牵毛驴的时候，农场主家的两个小男孩儿放学回来了。

“你要坐车去溜达吗，先生？”哥哥安德烈问。

“是的，你想和我们一块儿去吗？”保罗似乎发出了邀请。

“可是我不能丢下弟弟。”安德烈说。

“没关系呀！你可以带上你的弟弟和我们一块玩儿。”苏菲非常热情。

“谢谢你，小姐。我很想让弟弟和我们一块儿来玩儿。”安德烈说。

“那么，谁来坐在前座牵缰绳呢？”苏菲发现了问题。

“鞭子在这儿，你想牵就牵吧。”保罗对苏菲说。

“我想过一会儿再牵毛驴，因为等它跑累了，就没那么暴躁了。”苏菲说。

四个孩子坐上毛驴车，轮流牵着毛驴缰绳，一会儿让毛驴快跑，一会儿又让毛驴慢走，一口气玩儿了两个小时。毛驴有点儿累了，累得甚至感受不到孩子们在用鞭子抽打它。尽管苏菲嘴上不停地喊“驾驾驾”，毛驴还是越走越慢。

“小姐，如果你想让毛驴跑快点儿，我可以去折一根冬青树枝给你。你用树枝打它，它肯定跑得快。”坐在旁边的安德烈给苏菲出主意。

“你这主意不错，我们是该让这只懒虫快点儿走了。”苏菲说。

苏菲喝令毛驴停下来。安德烈跳下车，从路边的冬青树上折下一根又粗又长的树枝。

“你可小心着点儿，苏菲，”保罗似乎想起了什么，“姨妈不让我们弄疼毛驴。”

“你以为冬青树枝和别针一样吗？”苏菲自以为是地说，“毛驴根本感觉不到疼。”

“那你为什么让安德烈去折树枝？”保罗质问苏菲。

“因为树枝比我们的鞭子粗。”苏菲说。

苏菲边说边用树枝使劲儿抽打毛驴的背，毛驴小跑起来。树枝很好用，苏菲兴奋起来，接着，她打了第二下、第三下……苏菲和农场里的两个小男孩儿哈哈大笑。

保罗笑不出来，反而有点儿担心，因为毛驴正跑在一条非常陡峭又望不到尽头的路上。保罗害怕了，如果发生了什么不好的事，苏菲又要挨罚。

苏菲不停地抽打毛驴，毛驴渐渐变得不耐烦了，它飞快地奔跑。这时，苏菲想让它停下来，可是已经来不及了，毛驴谁的话也不听，发疯似的狂奔起来。“吁，吁，吁……”车上的孩子们吓得喊破了嗓子，毛驴根本不听，反而受到的惊吓更厉害了，跑得满身大汗，四蹄生风。突然，毛驴撞在了一个大土丘上，车子翻倒在地，孩子们也摔下了车子，可毛驴并没有停下来，仍然拉着摔得破破烂烂的车子往前跑，直到车子完全散了架。

幸亏车子不高，孩子们摔下来受伤不重，只有脸颊和手划破了。他们痛苦地从地上爬起来，各自回家去了。

苏菲惊慌失措。保罗愁眉苦脸。回家的路上，两个人谁也不说话。过了好一阵，苏菲说："保罗，我害怕，妈妈会怎么责怪我呀？"

保罗内疚地说："你拿到树枝的时候，我就应该想到这根东西会伤害到毛驴。我当时就应该坚决地阻止你，说不定你就听我的话了。"

"不，保罗，无论你当时说什么，我都不可能听你的，因为我确信树枝不会弄疼毛驴。"语气强硬的苏菲还是难掩心中的焦虑，"你说妈妈会怎样责怪我？"

"唉，苏菲，你怎么就这么犟呢？如果你听了姨妈的话，根本就不会又挨骂又挨罚。"保罗爱莫能助。

"我努力了！我很努力地做一个听话的孩子，我向你保证。只是……总听别人的话简直太没劲了！"苏菲执拗地说。

"受惩罚才没劲呢！而且，我发现，大人们禁止我们做

的都是危险的事儿，我们每一次的冒险，不但没什么好结果，事后还不敢去见妈妈和姨妈。”保罗反驳苏菲。

“你说得有道理……天呀！快看，保罗！我妈妈来了！”苏菲吓得魂飞魄散，“你听见车子的声音了吧？赶紧往回跑，快！千万不能让她看见我们，我们一定要先到家！”

两个小家伙跑了也白跑，他们怎么可能跑过车子呢？等苏菲和保罗跑到家的时候，德·雷昂夫人的车正好停在屋门外的台阶前。

德·雷昂夫人和德·奥贝尔夫人一眼就看到了孩子们脸上和手上的划伤。

“我的天！这一定是又出了什么事故！”德·雷昂夫人紧皱眉头，“你们俩又怎么了？”

“是毛驴，妈妈。”苏菲说。

“我就知道是毛驴。”德·雷昂夫人气不打一处来，“看来我这一路的担心真不是多余的，这毛驴难道是发疯了吗？它到底干了什么把你们弄成这样？”

“它把我们所有的人都弄翻在地，妈妈。”苏菲强词夺理地说，“而且，车子好像已经摔碎了，因为毛驴把车子弄翻以后还继续乱跑来着。”

“肯定又是你们搞什么鬼名堂把这头可怜的毛驴逼疯了吧！”德·奥贝尔夫人也发火了。

苏菲低下头，不吭声。保罗的脸通红，也不说话。

德·雷昂夫人接着说：“我一看你们的表情就知道德·奥贝尔姨妈猜对了。说实话吧，苏菲，到底怎么了？”

苏菲犹豫了片刻，但这次她决定做个诚实的孩子。她把事情的原委一字不落地讲给妈妈和姨妈听。

“我亲爱的孩子们，”德·雷昂夫人说，“自从有了这头毛驴，在你们身上发生了一连串不幸的事，尤其是苏菲，不知道动了多少歪脑筋，犯了多少低级错误。既然这头毛驴让你们干了这么多蠢事儿，我决定把它卖掉。”

话音未落，苏菲和保罗异口同声：“不！妈妈！不！姨妈！求您了，我们再也不弄疼毛驴了，再也不弄疼毛驴了！”

德·雷昂夫人说：“就算你们不弄疼毛驴，苏菲还是能想出其他的歪点子，想出比这之前更危险的歪点子。”

“不会的，妈妈。”苏菲哀求道，“我向您保证，我以后只做您允许我做的事情，我一定做一个听话的孩子！”

“好呀，我倒是愿意看看你接下来几天的表现，”德·雷昂夫人还没有完全消气，“但是，我丑话说在前面，只要苏

菲再想出一个歪点子，你们就再也别想见到毛驴了！”

两个孩子感谢德·雷昂夫人。德·雷昂夫人问孩子们毛驴在哪儿，可苏菲和保罗只记得毛驴拖着摔坏的车子继续奔跑来着。

德·雷昂夫人找来朗贝尔先生，向他讲述了事情的经过并请他帮忙找到毛驴。

朗贝尔先生听了德·雷昂夫人的话急忙跑去找毛驴。

一个小时以后，朗贝尔先生回来了，苏菲和保罗都在焦急地等他：“你终于回来了，朗贝尔先生！”

“保罗先生，苏菲小姐，你们的毛驴恐怕遭遇了不幸。”朗贝尔先生遗憾地说。

“啊？什么不幸？”两个孩子异口同声。

“大概是因为它受到了惊吓……哦，它太可怜了，”朗贝尔先生快要哭了，“它一直沿着路边奔跑，由于栅栏是打开的，它一下子跑上了大路。不巧，当它穿过大路的时候，一辆驿站的马车冲了过来，马车夫没来得及刹住车，一下子把毛驴和小车撞翻了，驿站的马从毛驴的身上踩了过去，马车夫和马也摔倒了，他们的车险些翻了过去……”泪水在朗贝尔先生的眼眶里打转，“后来，当我们安顿好马车夫

MINNE.

和他的马，我们的毛驴已经被撞死了。它像石头一样躺在那里，一声不响。”

听见孩子们的尖叫声，妈妈们和仆人们跑过来探个究竟。于是，朗贝尔先生把可怜的毛驴的遭遇重新讲给大家听。

妈妈们试着安慰苏菲和保罗，可是她们的努力好像无济于事，因为两个小家伙无法控制自己悲伤的情绪，他们从没这样伤心过。苏菲悔恨不已，她觉得是由于自己的任性导致毛驴死于非命；保罗也十分自责，他后悔自己对苏菲听之任之，没有尽到表哥的责任。从此，苏菲每看到一头和她的毛驴长得相像的毛驴就伤心不已。

苏菲变得听话了，她不想要毛驴了。当然，德·雷昂夫人也不会再给苏菲买毛驴了。

二十、乌　龟

苏菲特别喜欢小动物，她曾经养过小鸡、小松鼠、小猫和小毛驴。但德·雷昂夫人现在连一只小狗都不想给苏菲买，她怕苏菲折腾小狗。毕竟，这种事已经发生了好几次了。

“我到底养什么宠物好呢？”一天，苏菲问妈妈，接着，她提出了自己的要求，“妈妈，我想让您送给我一只不伤害我、不会逃跑又好养活的宠物。”

听了女儿的话，德·雷昂夫人笑了笑：“我看呀，只有乌龟最适合你。”

“对呀！乌龟多老实呀！而且，它逃跑的时候也不会伤

害到我！”苏菲高兴得直拍手。

德·雷昂夫人充满爱意地对苏菲说：“它即便逃跑了，你也会轻而易举地把它捉回来，是不是？”

“那就给我买一只乌龟吧，妈妈！给我买一只乌龟吧！”苏菲急切地恳求道。

“你这个小不点儿，简直是疯了！”德·雷昂夫人说，“我只是跟你开个玩笑，你还当真了！乌龟可不怎么招人喜欢，它又丑又笨，还那么懒惰，真是让人难以置信，你怎么能喜欢这么愚蠢的小动物呢？”

“哦，妈妈！求求您了！我会喜欢上乌龟的！我要喂它好吃的，做它的好朋友，做个乖孩子！”苏菲迫不及待地想得到一只乌龟。

“你真的想养这么丑的宠物？”德·雷昂夫人还是不敢相信自己的耳朵，“我可以给你买一只乌龟，但有两个条件：第一，乌龟不能被饿死；第二，只要你犯一个错误，我就没收你的乌龟。”

“我接受您的条件，妈妈，我接受！”这时，苏菲什么也顾不上了，她满口答应，“我什么时候可以见到我的乌龟呢？”

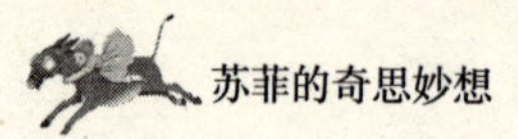

“后天吧，我想。你爸爸现在在巴黎，我这就给他写信，让他在那儿给你买一只乌龟回来。如果他明天晚上去驿站邮寄的话，后天一大早你就能收到寄来的乌龟了。”德·雷昂夫人说。

“我要感谢您一千次，妈妈！”苏菲激动万分地说，“保罗明天就会来，他大概要在这儿住半个月呢，到时候他也可以和乌龟一起玩儿了！”

第二天，保罗到了，苏菲乐得合不拢嘴。她对保罗说自己的乌龟就快到了，保罗嘲笑她，不知她跟这么丑的宠物如何相处。

“我们给乌龟喂一些生菜，用干草为它铺一张床，还可以把它带到草地上去玩。乌龟一定很好玩，我向你保证！”苏菲已经想好了怎么迎接她的新朋友。

乌龟终于在保罗到来的第二天寄回来了。苏菲的这只新朋友足足有一个餐盘那么大，笨重的龟甲像用来扣菜肴的钟形罩一样厚，它看上去又丑又脏，小脑瓜和四只爪子都紧紧地蜷缩着不敢伸出去。

“我的天，它真是太丑了！”保罗不禁嚷了起来。

“我觉得它挺好看的。”苏菲坚持自己的看法。

保罗一脸不屑，说：“嗯，对，它那端庄的姿态和迷人的笑容的确非同一般。”

“你就不能让我们清静清静，谁像你，什么都看不顺眼。”苏菲有点儿不高兴了。

保罗继续说：“你知道我喜欢这乌龟什么吗？我就喜欢它的姿态和它走起路来轻盈的步履。”

苏菲真生气了：“你闭嘴！我警告你，如果你再嘲笑我的乌龟，我就把它带走！”

“好啊，你带走吧，让这只乌龟快点儿从我的眼前消失，我保证，我不会想念它的。”保罗说。

苏菲恨不得扑上去打保罗一顿，但她清楚地记得妈妈的话和自己的承诺，所以这次她只是狠狠地瞪了保罗一眼。

苏菲捧起乌龟，想把它带到草地上去，可是乌龟太沉了，她一失手，乌龟被重重地摔在了地上。

正在为讥讽苏菲而后悔的保罗连忙跑来帮忙。乌龟摔在地上可把苏菲吓坏了，她一时没缓过神来，接受了保罗的帮助。保罗建议苏菲把乌龟放在手绢上，两个人各拉手绢的一头儿，一块儿抬起乌龟走。

乌龟在草地上嗅到了小草的清香，伸出爪子和小脑瓜，津津有味地吃了起来。苏菲和保罗惊奇地盯着乌龟看。

“看见了吧，我的乌龟一点儿都不笨，也不招人烦！”苏菲说。

“嗯，你说的是。可它真的很丑呀。”保罗说。

“这个我承认，它确实挺丑，它长了一个看起来有点儿吓人的小脑瓜。”苏菲不再生气了。

“还有吓人的爪子。”保罗补充道。

接下来的十天里，苏菲和保罗悉心照料乌龟，没有发生任何意外。乌龟住在一个铺满干草的箱子里，它每天都有足够的生菜和青草吃，看上去活得很滋润。

一天，苏菲想了一个主意：天气这么热，乌龟肯定难受得要命。如果让乌龟到池塘里洗个澡，它会非常舒服的。于是，苏菲叫来了保罗，要和他一起给乌龟洗澡。

“洗澡？在哪儿？”保罗怀疑自己是不是听错了。

“菜园的池塘里呀！那儿的水洁净、清澈。”苏菲说。

“我怕乌龟不会喜欢去洗澡。”保罗说。

“恰恰相反，乌龟非常喜欢洗澡，它一定会愿意的！”苏菲坚定地说。

“你怎么知道乌龟喜欢洗澡？我认为乌龟不喜欢水。”

保罗唱反调。

“我可以肯定，乌龟喜欢水。你想想，鳌虾不喜欢水吗？牡蛎不喜欢水吗？这些动物都跟乌龟差不多，所以我说的没错，你就听我的吧。”苏菲举一反三地说。

“嗯，如果你这么说，我们倒是可以试一试。”保罗勉强同意了苏菲的主意。

乌龟正在草地上懒洋洋地晒太阳。

苏菲和保罗抓起这只可怜的乌龟，把它浸在了池塘里。乌龟一遇到水，立刻把小脑瓜和爪子伸出来，一个劲儿地挣扎，它沾满黏液的爪子碰到了苏菲和保罗的手，吓得两个人同时抽回了手，乌龟一下子掉入了池塘。

苏菲和保罗赶紧跑到园丁家，请园丁帮忙捞乌龟。

园丁是个行家，他当然知道水可以置乌龟于死地。于是，听到孩子们的求助，他连忙赶到池塘边。

池塘不深。园丁脱下靴子，挽起裤腿，下到池塘里。那只乌龟正在池塘里拼命挣扎，他一伸手把它捞了上来。园丁把乌龟放在火炉旁，烤干了它身上的水。

这只可怜的小动物把小脑瓜和爪子都缩进甲壳里，一动也不动。

乌龟刚在火炉旁烤暖和一点儿，苏菲和保罗就急着带它去草地上晒太阳。

园丁说："等一下，先生，小姐。还是我帮你们拿着乌龟吧，我想，它现在什么也吃不下。"

"是因为洗澡才把乌龟弄成这样的吗？"苏菲问。

"当然，小姐，乌龟不喜欢洗澡，水让它很难受。"园丁说。

"您是说它会生病？"保罗问。

"能不能生病我倒说不好，不过，它很可能会死掉。"园丁说。

"哦，我的天！"苏菲大喊。

"行了，别自己吓唬自己了，"保罗低声对苏菲说，"园丁根本就不知道自己在说什么。他以为乌龟跟小猫一样不喜欢水。"

三个人带着乌龟来到草地上。园丁把乌龟轻轻放下，便回菜园了。

孩子们时不时地盯着乌龟看，可是乌龟一动也不动。苏菲很着急，保罗试着安慰她。

"它愿意怎样就怎样吧，明天它肯定又能吃饭、散步

了。”苏菲好像在自我安慰。

晚上，苏菲和保罗把乌龟送回到它的干草床上，又在乌龟旁边放了一些新鲜的生菜。

第二天，他们发现生菜一点儿都没少，乌龟碰都没碰一下它的食物。

“真是奇怪，”苏菲沮丧地说，“按理说，它应该在夜里把生菜全部吃光。”

“把它放到草地上吧。”保罗说，“也许它不喜欢生菜。”

保罗感到不安，他并不想告诉苏菲园丁说的话是真的。细心的保罗仔细地检查了乌龟，发现它不再动弹。

“我们就把乌龟放在这儿吧，它晒晒太阳就会好起来。”保罗违心地说。

“你是不是觉得它生病了？”苏菲问保罗。

“是的。”保罗只回答了两个字，但他的心里却在说：我觉得它已经死了。保罗开始忐忑不安。

接下来的两天，苏菲和保罗坚持把乌龟带到草地上。他们每次回来取乌龟的时候，乌龟都趴在原地。每天早上，他们看见前一天晚上的生菜也一动没动。

终于有一天，他们闻到了一股怪味儿。

“它死了，”保罗说，“它已经开始散发臭味儿了。”

苏菲和保罗伤心地站在乌龟旁边，不知所措。这时，德·雷昂夫人走了过来。

“我的孩子们，你们在做什么呢？”德·雷昂夫人问道，“你们怎么守着乌龟一动不动，像两尊石膏像。乌龟怎么也跟你俩一样，死气沉沉的。”

德·雷昂夫人拿起乌龟，仔细看了看，闻到它难闻的气味儿。

“我的天，它……死了。”德·雷昂夫人吓得把乌龟扔到地上，“它闻起来很臭。”

“是的，姨妈，我也觉得它死了。”保罗说。

“它是怎么死的？”德·雷昂夫人问，“你们每天都带它去草地上，所以肯定不是饿死的。那就奇怪了，我真想不出它是怎么死的。”

“妈妈，我觉得它是因为洗澡才死的。”苏菲说。

“洗澡？是谁想出的主意？”德·雷昂夫人又惊讶又生气。

“是我，妈妈，”苏菲羞愧极了，“我以为乌龟喜欢水，所以我把它放到菜园的池塘里让它洗澡。可没料到，乌龟

掉进了池塘，我和保罗没法把它捞上来，就去请园丁帮忙，是他把乌龟捞上来的。”

“啊！又是你的鬼点子！这回是你自己惩罚自己，我真是无话可说。你还记得我的话吧，我再也不会给你买小动物了，也不许你再养宠物，因为你和保罗把这些小动物害惨了。赶紧把这只乌龟扔掉吧。”德·雷昂夫人叫来了朗贝尔先生，“朗贝尔，你把这只死了的小动物带走吧，随便找个洞扔进去就行了。”

可怜的乌龟就这样死了。它是苏菲养的最后一只小动物。

几天后，苏菲问妈妈自己能不能养一只漂亮的小天竺鼠，德·雷昂夫人拒绝了女儿的请求。苏菲无话可说，一点儿辙也没有。她现在唯一的玩伴就是表哥保罗，幸好保罗可以经常过来陪她玩上几天。

二十一、启　程

一天，苏菲问保罗：“我妈妈和德·奥贝尔姨妈在一起的时候总是低声说话，而且，我还发现，她们经常说着说着就哭了。你知道她们为什么哭吗，保罗？”

“我也不知道，但是，有一天我听见妈妈跟姨妈说：‘离开父母、朋友，丢下我们的国家一走了之，这简直让人不可思议呀！’姨妈回答说：‘是啊，特别是到美国那样的国家去。’”保罗回答道。

“她们说的是什么意思啊？”苏菲不明白，接着问。

保罗继续说：“依我看来，妈妈和姨妈想去美国。”

“可这也没什么不好呀，去美国一定很好玩！到了美国，

就可以看见乌龟了！”苏菲越说越兴奋。

“对呀，那里还有漂亮的小鸟，还有五颜六色的乌鸦：红色的、橘黄色的、蓝色的、紫色的、粉红色的……那儿的乌鸦跟我们这儿的可不一样，法国的乌鸦黑乎乎的，看上去就让人害怕。”保罗说。

“嗯……还有鹦鹉和蜂鸟！”苏菲好像已经人在美国一样，“妈妈跟我说过，美国有很多很多鹦鹉和蜂鸟。”

“那儿还有很多野生动物呢！黑色的、黄色的和红色的！”保罗抢着说。

“我害怕野兽，它们很可能会把我们一口吃掉。”苏菲胆怯地说。

“哈哈，我们又不是住在它们的家里，你怕什么？”保罗嘲笑苏菲胆小，“只有等它们来城市里散步，我们才能遇见它们。”

“好吧，那么我们为什么去美国呢？”苏菲问保罗，“我们在这里不是很好吗？”

“是呀，我也觉得她们很奇怪。在这儿多好啊，我们两家住的城堡离得这么近，我可以经常来找你玩。不过，如果到了美国我们住在一块儿，那就另当别论了！苏菲，我突然有点儿向往去美国生活了。”保罗说。

“你看，保罗，我妈妈和姨妈在那边散步呢，她们又在哭了。一看见她们伤心的样子，我也跟着难过。正好，她们在长椅上坐下了，我们过去劝劝她们吧。”苏菲一副担忧的样子。

“可是我们怎么劝她们呢？”保罗问。

“我也不知道，我们就试试看吧。”苏菲很着急。

孩子们来到他们的妈妈身边。

“亲爱的妈妈，你为什么哭呀？”苏菲问德・雷昂夫人。

德・雷昂夫人说：“因为有一件事令我十分不安。我亲爱的小女儿，你还年幼，或许还不能理解。”

苏菲接过妈妈的话说：“我可以的，妈妈，我知道，你是为去美国的事而焦虑，而且，你一定是怕我生气，才这么伤心，对吗？没关系的，妈妈，姨妈和保罗也能跟我们一块儿去，这是一件多么让人高兴的事呀！你知道吗？我特别喜欢美国，那是个美丽的国家。”

听了女儿的话，德・雷昂夫人先是惊讶地看着德・奥贝尔夫人，接着又忍不住大笑起来。她想：对美国一无所知的苏菲竟然把一个陌生的国度说得天花乱坠。

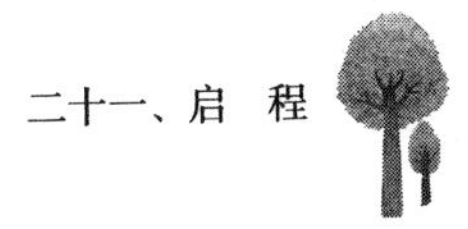

德·雷昂夫人说："你听谁说我们要去美国？你怎么就肯定我们是因为这件事而伤心呢？"

保罗在旁边解释道："姨妈，是我在听你们聊天的时候谈到了去美国，当时你们还边哭边说呢。我觉得苏菲说得有道理，如果到了美国，我们能生活在一起，一定会很幸福！"

德·雷昂夫人说："是呀，我可爱的孩子们，你们猜对了，我们真的要去美国了。"

"为什么，妈妈？"保罗问德·奥贝尔夫人。

德·奥贝尔夫人说："我们的朋友弗施尼先生刚刚在美国去世了。他非常富有，可是他没有父母。他把所有的财产都留给了我们。你的父亲和苏菲的父亲不得不去美国接手这笔财产。我和你的姨妈不忍心让他们独自前往，却又不愿意离开父母、朋友和我们的国家，所以我们非常难过。"

"但是我们不会永远住在那里，不是吗？"苏菲说。

"当然不会，不过我们将在那里生活一到两年。"德·雷昂夫人说。

"不要再为这件事流泪了，妈妈。"苏菲说，"保罗和姨妈可以一直陪伴在我们身边，爸爸和姨父也不会因寂寞而想家。"

德·雷昂夫人和德·奥贝尔夫人拥抱了孩子们。

“孩子们说得有道理呀！”德·雷昂夫人对姐姐说，“别担心，我们可以一块儿生活，而且，两年的时光一晃而过。”

从那天以后，两位夫人再也没哭泣过了。

“看见了吧，我们的安慰还是很有用的！”苏菲开心地对保罗说，“我发现，孩子很容易就能安慰好自己的妈妈。”

“那是因为妈妈爱我们！”保罗说。

没过几天，保罗和苏菲就开始跟着妈妈拜访朋友，去和他们道别。卡米尔和玛德琳娜·德·芙勒尔维勒听说了苏菲和保罗去美国的事情，都大吃一惊。

“你们去多久呀？”卡米尔问道。

“两年吧，我想。因为美国太远了！”苏菲带着点儿骄傲的口吻说。

“等我们回来的时候，苏菲就六岁了，而我已经八岁了！”保罗憧憬着自己回国时的样子。

“我也到八岁了！到那时卡米尔就九岁了！她年龄最大！”玛德琳娜说。

“哈哈！你变老了，卡米尔，那时候你都九岁了！”苏菲调皮起来。

“你可要把美国的好东西带给我们，我说的是那些稀奇古怪的宝贝。”卡米尔说。

“你觉得我给你带一只乌龟怎么样？”苏菲认真地说。

“什么？乌龟？太可怕了！乌龟又笨又丑！”玛德琳娜有点生气。

保罗忍不住笑出声来。——“你笑什么，保罗？”玛德琳娜问。

保罗好不容易忍住了笑，说：“苏菲曾经养过一只乌龟，有一天，因为我说了刚才你说过的话，她当时气得不得了。”

“那后来呢？这只乌龟怎么样了？”卡米尔问。

“我们把它放到池塘里想给它洗澡，结果乌龟死了。”保罗无奈地说。

“可怜的乌龟，没能见它一面真是太遗憾了。”卡米尔说。

苏菲当然不喜欢听大家谈论她的小乌龟，所以她积极建议大家到田地里去摘花。而卡米尔提出去树林里摘树莓，小伙伴们高兴地接受了卡米尔的主意，他们在树林里找到了很多树莓，边摘边吃。玩了两个小时，到了说再见的时候了，苏菲和保罗向大家保证一定会从美国带回一些水果和鲜花，还有蜂鸟和鹦鹉。苏菲还说，如果当地人愿意卖给她一只野生动物，她也要带回来呢！

接下来的几天，他们继续拜访亲友，和他们说再见。紧跟着，大家便开始收拾行李。德·雷昂先生和德·奥贝尔先生提前去了巴黎，他们在那里等候自己的妻子和孩子。

出发的那天真是悲伤的一天。连两个兴奋不已的小家伙都在离开城堡的时候哭了起来。村庄里的人们和他们的仆人也依依不舍。送行的人们之所以如此伤感，好像是因为心里在想：他们再也不会回来了！

两位妈妈和孩子们登上一辆四匹马拉的驿站马车准备出发，女仆和女工们坐着敞篷三轮马车为他们送行，每个座位上都配有一只家犬。

一行人马很快就到了巴黎，因为路上只停歇了一个小时用来吃午餐。他们抵达时正是吃晚饭的时间。

这一大家子人只有八天的时间用来购买旅途中所需的物品。当然，也必须在八天内做好前往美国的心理准备。

这八天，苏菲和保罗玩得别提有多开心了。妈妈们带他们去布洛涅森林、杜伊勒里公园和植物园散步，还买了各种各样的东西：衣服、帽子、皮鞋、手套、故事书、玩具和路上吃的食品。苏菲想把自己看到的所有的小动物都买回家，甚至想买植物园里的一只小长颈鹿！而保罗想买下所有的书和图画。大人们为苏菲和保罗每人买了一个旅行袋，用来放他们的零花钱、洗漱用品和一些玩具：多米诺骨牌、游戏卡片和游戏棒。

出发去勒阿弗尔的这天终于到来了，这是所有人期盼已久的一天。他们将在勒阿弗尔港登上前往美国的轮船。

可是，他们到达勒阿弗尔的时候，被告知这艘名为“预言者”的轮船三天之后才能启程。于是，六个人用了三天的时间好好地游览了一下这座海滨城市：喧嚣声、街区里攒动的人群、停满了军舰的船坞、遍布商贩的码头，还有鹦鹉、猴子，各种各样来自美国的东西。孩子们的眼睛都不够用了。

如果德·雷昂夫人听了苏菲的话，那她就已经买下了十几只猴子、无数只大鹦鹉、虎皮鹦鹉等。尽管苏菲不停地提出各种要求，但都被妈妈一一拒绝了。

对苏菲来说，在勒阿弗尔的这三天，就好像在巴黎过了八天，或者过了四年一个样。对保罗来说就像过了六年。可惜，从那以后他们再也没有机会回到这座海滨城市来了。

德·雷昂夫人和德·奥贝尔夫人一想到即将离开她们

深爱的国家就伤心不已。两位夫人的先生也一样感到悲伤。同时，他们试着安慰自己的妻子，答应尽早回到法国。

苏菲和保罗可高兴着呢！他们唯一伤心的就是总看见自己的妈妈在流泪。

六个人终于上了船。这艘大船将要带他们去很远很远的地方，途中还会有大风大浪，或是遭遇更加危险的情况。

几个小时以后，他们在自己的船舱安顿好了。船舱是由一个一个的小房间组成的，每个房间内有两张床。大家安放好了自己的行李箱和洗漱用品。

苏菲和德·雷昂夫人一起睡，保罗和德·奥贝尔夫人一起睡。两位爸爸住在了一块儿。他们经常和船长一同用餐，船长很喜欢苏菲，这个可爱的小家伙总能让船长想起住在法国的玛格丽特。船长还经常陪着苏菲和保罗一起玩，他为两个孩子讲解轮船里所有令他们好奇的事情：船是如何在水上走路的，打开船帆以后怎么样才能帮助轮船前进，等等。

保罗总是叨咕："等我长大了，一定做个航海家。我要和船长一起旅行！"

"不可以！"苏菲提出反对，"我不想让你做航海家，

MINNE.

因为你永远都要和我在一起。”

保罗疑惑地问：“你为什么不和我一起坐船长的大船回来？”

“因为我不想和妈妈分开。”苏菲坚定地说，“我会永远和妈妈在一起，你也要永远和我在一起，明白吗？”

“好吧，如果你真的这样想，我就永远和你在一起。”保罗开心地看着苏菲。

旅途漫漫，苏菲和保罗将和爸爸妈妈一起在轮船上度过很多很多天。

如果你想知道接下来发生在苏菲身上的故事，就让妈妈读《乖巧的小女孩》给你听吧，在这本书里，你会再次遇见苏菲。如果你喜欢保罗，那么去读《度假》吧，这里面有很多关于保罗的故事。